Tha ᴀᴏɴɢʜᴀꜱ ᴘàᴅʀᴀɪɢ ᴄᴀɪᴍʙᴇᴜʟ bho An Leth Mheadhanaich
ann an ceann a deas Uibhist a Deas. Fhuair e fhoghlam ann an
sgoiltean Ghearraidh na Mònadh, Dhalabroig agus an Òbain
(far an robh Iain Crichton Mac a' Ghobhainn ga theagasg) mus
tug e a-mach Ceum le Urram Dùblaichte ann an Eachdraidh is
Poilitigs bho Oilthigh Dhùn Èideann. Tha na sgriobhaidhean
aige air grunn dhuaisean a chosnadh thar nam bliadhnachan
– nam measg Leabhar Bàrdachd na Bliadhna an Alba ann an
2011 airson *Aibisidh* agus Leabhar Ficsean na Bliadhna ann
an 2017 airson *Memory and Straw*.

Tha coltas sam bith eadar Constabal Murdo agus Murdo
sam bith eile as aithne dhan leughadair a dh'aona ghnothach,
oir ged nach eil a shamhail ann, tha a leithid air feadh an àite.

D1610689

Leis an aon ùghdar

The Greatest Gift, Fountain Publishing, 1992
Cairteal gu Meadhan-Latha, Acair, 1992
One Road, Fountain Publishing, 1994
Gealach an Abachaidh, Acair, 1998
Motair-baidhsagal agus Sgàthan, Acair, 2000
Lagan A' Bhàigh, Acair, 2002
An Siopsaidh agus an t-Aingeal, Acair, 2002
An Oidhche Mus Do Sheòl Sinn, Clàr, 2003
Là a' Dèanamh Sgèil Do Là, Clàr, 2004
Invisible Islands, Otago Publishing, 2006
An Taigh-Samhraidh, Clàr, 2007
Meas air Chrannaibh / Fruit on Branches, Acair, 2007
Tilleadh Dhachaigh, Clàr, 2009
Suas gu Deas, Islands Book Trust, 2009
Archie and the North Wind, Luath Press, 2010
Aibisidh, Polygon, 2011
An t-Eilean: Taking a Line for a Walk, Islands Book Trust, 2012
Fuaran Ceann an t-Saoghail, Clàr, 2012
The Girl on the Ferry Boat, Luath Press, 2013
An Nighean air an Aiseag, Luath Press, 2013
Memory and Straw, Luath Press, 2017
Stèisean, Luath Press, 2018
Constabal Murdo, Luath Press, 2018
Tuathanas nan Creutairean le Seòras Orwell,
a' Ghàidhlig le Aonghas Pàdraig Caimbeul, Luath Press, 2021

Murdo ann am Marseille

AONGHAS PÀDRAIG CAIMBEUL

Luath Press Limited
DÙN ÈIDEANN
www.luath.co.uk

A' chiad chlò 2022

ISBN: 978-1-910022-73-3

Gach còir glèidhte. Tha còraichean an sgrìobhaiche
mar ùghdar fo Achd Chòraichean, Dealbhachaidh agus
Stèidh 1988 dearbhte.

Chuidich Comhairle nan Leabhraichean am foillsichear
le cosgaisean an leabhair seo.

Chaidh am pàipear a tha air a chleachdadh
anns an leabhar seo a dhèanamh
ann an dòighean coibhneil dhan àrainneachd,
a-mach à coilltean ath-nuadhachail.

Air a chlò-bhualadh 's air a cheangal le
Severn, Gloucester

Air a chur ann an clò Sabon 11 le
Main Point Books, Dùn Èideann

CLÀR-INNSE

'Mura bheil Plan A ag obrachadh, feuch Plan B, agus mura h-obraich sin, till dhachaigh agus gabh copan teatha.' Murchadh an Constabal.

I

Dùsgadh

THACHAIR TÒRR BHON a leig mi dhìom mo dhreuchd, a chàirdean. An toiseach, chuir iad seòrsa de chousin taobh mo mhàthar dhan Taigh Gheal, ged a shaoil mise gur ann air an Taigh Caothaich a bha iad a' bruidhinn nuair a dh'inns iad dhomh. Dòmhnall Iain, às dèidh Dòmhnall Iain na Dudaig a bhiodh a' dol a-steach a Steòrnabhagh feasgar Dihaoine, agus a' dol air chall an Uamh an Òir. Ach tha iad ag ràdh rium gu bheil mo laochan TT, agus nach math sin, oir smaoinich fhèin air an staing sam biodh an saoghal nam biodh e a' gabhail tè mhòr. Ma-thà, tha mi 'n dùil. Nam biodh a chluasan air a bhith nas fharsainge agus a theanga nas lugha, mar a bhiodh Maighstir Mac a' Ghobhainn ag ràdh rinn ann an Sgoil MhicNeacail. Buainidh aon fhacal ceud. Buainidh.

Ach thàinig Joe na àite, agus is iad na Barraich a tha air an dòigh, oir tha tòrr Eòsaphan aca a-bhos an taobh seo. Èigh John-Joe agus nochdaidh fichead dhiubh. Ailean Ruadh, a bha na Bhòsun aig a' Chlan Line na latha, fhathast a' saoilsinn gur e Joe Louis a th' ann nuair a ghabhas e tè bheag. An aon fhaochadh nach do nochd Mourinho, Jose fhèin, an seo fhathast.

Aon bhliadhna nuair a bha mi ann an Sgoil MhicNeacail nochd an nighean a bha seo sa chlas 'son ùine. Bha a h-athair na dhotair-locum sa bhaile 'son greis. Marina a bh' oirre. Falt fada dubh sìos gu guailnean, le fringe. Sùilean uaine bhiodh an-còmhnaidh a' gàireachdainn. Chaidh sinn turas còmhla dhan Lido. Ghabh i cofaidh, a bha cho annasach dhomh. Ghabh mise liomaineud. Agus fhuair sinn pìos cèic a roinn sinn eadarainn. Cèic seòclaid. Dh'fhalbh i às dèidh mìos agus bidh mi beachdachadh an-dràsta 's a-rithist dè thachair dhi. Sin an saoghal, a Mhurchaidh. Mus toir thu an aire, tha am feasgar ann.

An uair sin cuideachd thàinig Am Brexit. Bha dùil a'm gur ann air A' Bhracsaidh a bha Alasdair Beag a' bruidhinn nuair a thug e dhomh bileag mun chùis agus e a' dol timcheall nan taighean an seo ag innse dhan h-uile duine mu dheidhinn. Am Bracsaidh, a ghràidh. Galar suarach gun teagamh. Ged nach robh e cho dona ris A' Mhyxomatosis, a sguab às na coineanaich. O Thì as àirde, am plòigh a bh' againn gan sealg. O dhuine, is iad a dhèanadh an stiubha! Ann am prais mhòr còmhla ri còig uinneanan, snèip is curran agus sia no seachd a bhuntàta agus an grèibhidh. Chumadh e a' dol thu fad a' gheamhraidh. Chumadh, a bhalaich. Is e an gille an t-aodach, ach is e an laochan am biadh. 'S e, 'ille.

Sin agus na chops. Ruith nan uan fad an earraich agus gan ithe fad a' gheamhraidh. Feumaidh duine sult. Feumaidh. Sin a tha ceàrr air an t-saoghal, mas urrainn dhomh mo bheachd a thoirt seachad anns an latha th' ann gun mi fhìn fhaighinn sa phrìosan, no an ceann air a thoirt dhìom. Dùisg, a Mhurchaidh!

Sin a tha ceàrr, na mo bheachd-sa: chan eil daoine ag ithe feòil gu leòr. A h-uile duine na vegetarian, mar gum b' e bò no caora a bh' annta. Ma chumas an carry-on seo a' dol cha bhi criomag feòir air fhàgail aig na creutairean bochda sin dhaib' fhèin a dh'aithghearr. Sinne ag ithe an fheòir agus iadsan beò air cnothan a bhios iad a' faighinn sa phost bho Stòr na Slàinte an Inbhir Nis. Sìneag bhochd (am posta) a' giùlan nam pocannan thuca gach seachdain. Nach àraid mar a tha na catologues air come-back mòr a dhèanamh? Nach e na cailleachan a bhiodh toilichte gum faigheadh iad fhathast cneipealtan bho JD. O ghràidh, nach iomadh uair a chuala mi Aonghas Nill a' toirt brag dhan òran:

JD, JD, JD agus Dallas,
JD, JD, dh'fhàg na h-ìghneagan spaideil. JD.

'S thàinig am fasan às an Fhraing, chuir e sgoinn air gach caileag,
Còta goirid man a' ghlùin, fasan ùr a bh' aig Dallas.
JD...

Chì mi iad. O, chì. Chan e gu bheil mi ag ràdh càil, no gan càineadh. Ach nuair a ghabhas mi cuairt sìos dhan bhaile bidh mi gam faicinn nan suidhe an sin ann an uinneag a' chafaidh ag ithe bloigh leatais agus tomàto no dhà agus an còrr dhiubh a-muigh air an t-sràid le bogsaichean pàipeir ath-nuadhachail agus iad a' criomadh air cucumbers agus radishes agus gnothaichean mar sin. Chan eil aca ach mèilich agus bhiodh an gnothaich complete. 'Biadh math fallain,' canaidh mi riutha, agus mi cho milis rin aodann. Agus iad fhèin cho geal ris a' bhàs ri linn nan vegetables sin.

Dh'fhalbh na làithean a dhuine. Ceann-cropaig. À, nise sin agad feed dhut mar a chanadh mo sheanair!

Nam faigheadh sinn an t-ìm as t-earrach,
Is bàrr a' bhainne as t-samhradh,
'S ann an uair sin a bhiodh sinn fallain,
'S cha robh sinn gann de dh'annlan!

Cha robh, a charaid. No sausages! Isbeanan a chanas iad riutha a-nis, mas e sin a th' annta, na rudan beaga grànda tana sin a gheibh thu sa bhùth. Chan ionann na sliseagan tana sin ri sausages Willie John. Gach fear dhiubh cho tiugh le dos pìoba, a chumadh cagnadh dhut fad seachdain. 'S e a chuireadh ruaig orra uile anns na Sausage Wars ud eile. Na Lornes aige mar sgiathan agus na sausages fhèin cho foghainteach ris a' chlaidheamh mhòr. Neart, a dhuine. 'O hì-ri-ri, tha e tighinn,' mar a chanadh MacCruimein. No An Clàrsair Dall no cuideigin. Cha b' e ceòladair a bh' annam. Cha robh Murchadh aig baile nuair a thàinig Orpheus, thuirt A' Chràic rium turas. Ge bith dè bha sin a' meanaigeadh. Nàbaidh dhuinn a bh' anns A' Chràic a bhiodh a' siubhal a' chladaich tràth gach madainn 'son sgudal sam bith a gheibheadh e. An taigh aige mar an Spanish Armada làn annasan.

O, agus cha mhòr nach do dhìochuimhnich mi an uair sin an galar mòr eile a thàinig. An Covid. A h-uile duine a' cur coire air an àm, air falach nan taighean is air cùlaibh aghaidhean-coimheach. Aodainnean a chanas iad riutha shìos an seo. Mar nach robh e doirbh gu leòr roimhe eucoraich aithneachadh gun an cead seo a thoirt dhaibh iad fhèin fhalach. Chan e gu bheil e gu diofar sam bith san latha th' ann co-dhiù, oir mar a tha cùisean leis an Riaghaltas seo tha a' bhreug air do bhathais a h-uile latha co-dhiù. Chan urrainn dhut nàire a chur air duine gun nàire, mar a thuirt Boris nam Breug. Is dòcha gur e an fhìrinn agus nach e a' bhreug a tha air cùl gach masg san latha th' ann.

Mind you, bha na h-eucoraich a bu mhiosa an-còmhnaidh a' dèanamh an cuid cron ann an solas deàlrach an latha. Bancairean le crathadh-làimhe agus iad aig an aon àm a' goid a' bheagan a bh' agad ann an riadh. A cheart cho math dhut an sgillinn bheag a th' agad a stobadh ann an cluasaig fon leabaidh, cleas Oighrig. Fichead mìle not aice sa chluasaig nuair a bhàsaich i, ge bith dè feum a rinn sin dhi is i sia fòid fodha. Luchd-poilitigs a' spùtadh asta tuil bhreugan ann an Taigh nan Cumantan. Iadsan a tha beò sa bhreug, bàsaichidh iad san fhìrinn, ge-tà. Gnothaich rag a th' anns an fhìrinn, mar a thuirt an t-Urramach MacÌomhair rinn gach feasgar Sàbaind.

'Fhios agad an disguise as fheàrr a th' ann, a Mhurchaidh?' thuirt Sàirdseant Morrison rium turas. 'Tha an rud anns a bheil thu nad sheasamh. Èideadh a' pholasmain. No èideadh sam bith. Coisich thusa a-steach dhan bhanca le colair is taidh, 'ille, agus coisichidh tu a-mach le peansail a' mhanaidseir nad phòcaid. Coisichidh 'ille. Coisichidh. Aidh aidh.'

Is iomadh sràid am baile mòr Inbhir Nis a choisich sinn còmhla nar latha, mi fhìn is Sàirdseant Morrison, agus esan a' bramadaich gach dàrnacha ceum.

'Dìosgail na mo bhrògan,' chanadh e. 'Feumaidh mi paidhir ùr a cheannach. Sin, no an WD40.'

An truaghan esan, air chall ann an tìm a dh'fhalbh. Oir cò a chuala mu 'mhanaidsear' o linn nan con? Dh'fhalbh iadsan mar a dh'fhalbh na pork-chops fhèin. Oir tha h-uile rud online an-diugh – air-loidhne mar a chanas iad air a' wireless. Chan eil agad ach suidh' an sin agus putan a bhruthadh agus chì thu is ceannaichidh tu na thogras tu. O, ghràidh, na seallaidhean a th' ann. Chan eil càil gun chead ach coibhneas is an fhìrinn. Ach dè an diofar? Cha do chaill thu càil mur do chaill thu do Dhia.

Ach co-dhiù, tha mi air a dhol seachad air mo sheanchas, is mar a dhùisg e mi às mo shuain an latha ud eile nuair a ghairm am fòn agus cò bha sin ach am Moireasdanach mòr. Tormod. Sàirdseant Moireasdan mar a bh' ann, uair dhe robh saoghal. Bheireadh e mac-talla às na creagan le ghleadhraich. Bheireadh. Duine a nochdas tric aig àm bidhe. Fear a chuireadh an taigh na theine 'son a thòin a bhlàthachadh. Agus e na Àrd-Inspeactar a-nis. Fear nach b' urrainn barrall a bhròige a cheangal nuair a bha e san àrd-sgoil. Ach sin agad an saoghal. Cha tig an còta glas cho math dhan a h-uile fear. Cha tig. Aidh aidh.

2

Coinneachadh

''s tu fhèin a th' ann?' ars esan nuair a fhreagair mi am fòn.

'Cò eile?' arsa mise.

'À uill,' ars esan. 'Fhios agad mar a tha cùisean na làithean seo. Chan eil fhios agad 'n ann ri machine no ri duine tha thu bruidhinn.'

''Eil thu aig baile?' dh'fhaighnich e.

'Càit eile 'm bithinn?' arsa mise. 'Covid na galla. Chan fhaigh thu a-steach no a-mach às an taigh-bheag fhèin na làithean seo gun chead.'

'À, uill,' ars esan. ''S fheàrr a bhith cinnteach na bhith caillteach.'

Feumaidh tu a bhith cho faiceallach nuair a tha thu fhathast on-duty. Am fear nach coimhead roimhe, coimheadaidh e às a dhèidh.

''S ciamar a tha thu co-dhiù?'

'Chan eil mi cho math 's nach b' urrainn a bhith na b' fheàrr, mar a thuirt am fear eile.'

'Ah, uill,' ars esan, 'chan eil an rìgh fhèin mar a bu mhath leis.'

'Tha rud ann,' thuirt e an ceann ùine.

Rud an-còmhnaidh ann, smaoinich mi. Ged nach tuirt mi e.

'Tha. O, tha a Mhurchaidh,' ars esan. 'Shìos mu na ceàrnaidhean agad fhèin mu dheas. 'S dòcha gum b' fheàrr coinneachadh.'

''Eil cead agad?'

Rinn e gàire. Gàire Hearach. Nuair a dhèanadh Tormod gàire bhiodh e a' dìochuimhneachadh anail a ghabhail agus a' dol dearg mar ghiomach.

'O, Thì,' ars esan, is leig mi leis on a bha e ann an da-rìribh a' gairm air ainm an Tighearna.

'Cead aig a h-uile duine coinneachadh a-muigh, a Mhurchaidh. Air a' mhòintich. Air a' chladach. Air an tràigh-mhaorach. Air na sgeirean, cleas na Scarpaich. Chan e pàrtaidh a tha gu bhith ann, a charaid.'

'Gu leòr dhiubh sin aig deas,' arsa mise. 'Thèid mi mach leis an eathar ma-thà.'

Latha brèagha earraich a bh' ann. Sgòth bheag an siud 's an seo mun iar mar neapraigean san adhar. An caolas fhèin a' deàrrsadh airgeadach. Leumadairean a' cleas thall 's a-bhos. Leisgeul aig gach creutair 'son a bhith beò. Deagh latha 'son an iasgaich. Ma bha gin air fhàgail sa chuan aig mèirlich Cheann Phàdraig. Bhiodh rionnach ann co-dhiù, iadsan fhathast cho pailt ris an dìle fhèin. Ged a bhiodh Dòmhnall Sealasdair a' diùltadh an ithe, muigh no mach. Ag ràdh gum bi iad ag ithe cuirp nan daoine bochda a chaidh a bhàthadh. Ach bhiodh saoidhein gu leòr ann cuideachd. Iasg math feòlach. Cha robh am beat air còmhla ris a' bhuntàta. Agus deagh ghlainne bainne. Cha do dh'òl Murchadh a-riamh ach na bha aige. Cuimhn' a'm air Aonghas

Mòr a dh'fhalbh à Steòrnabhagh na chòta clòimhe agus a thill na lèine. Droch dhol-a-mach, an deoch làidir.

Motairean nam mollachd. Nuair tha feum orra, cha thòisich iad. Fut-fut-fut mar bhraim tunnaig. An dampachd grod ud. Ged nach do chuir sin stad air Murdo ge-tà. O, cha do chuir, a charaid. Na cuir coire an eich air an dìollaid. Cha deach mo thogail gus tuiteam anns a' chiad dhìg. Ò, cha deach. Mar a thuirt Murdo Beag mo sheanair, 'Agus ma thuiteas, nach e sin an t-àm èirigh, a bhròinein? Chan urrain dhut èirigh mura bheil thu nad laighe.'

Agus bha back-up agam. Dh'ionnsaich mi sin. O, dh'ionnsaich. 'Mura bheil Plan A ag obrachadh, feuch Plan B, agus mura h-obraich sin, till dhachaigh agus gabh copan teatha': Murchadh an Constabal. Sin an fheallsanachd bhàrdail agamsa. Agus le sin, thog mi na siùil, agus a-mach leam tarsainn a' chaolais, mar an gèadh air sgèith, mar an fhaoileag-mhara, mar 'an eala bhàn bha tàmh ann'. Chan ann a h-uile latha a dheigheadh MacNèill air each no air eathar a dh'Èirisgeigh. Chan ann, a charaid.

Agus Tormod Mòr a' tighinn on taobh thall, an sgoth aige a' casadaich tro na stuaghan. Powerboat a bh' aig oirre, ged a bha barrachd cumhachd anns an lawn-mower agam fhìn. Ach eathar beag brèagha ge-tà, a fhuair e o Fhearchar an Fhraoich ann am Mòrar. Hearach eile a bhiodh a' siubhal na mòintich thall an sin a' sealg nam fiadh agus gan reic vacuum-packed ann an seada bheag fhiodh aig cidhe Mhalaig. Tha feum air choreigin anns a h-uile rud. An aon duan aige gun stad, 'Uisge teth dhan fhaochaig, is goil air leth dhan fheusgan.' Bhiodh e math fhaicinn air *Masterchef*, a' sadail nan giomach dhan phrais. Lovely, mar a thuirt am fear maol eile.

On a bha powerboat aigesan, ràinig Tormod Mòr Fùideigh an toiseach. Las e teine. Oir far a bheil ceò tha teine. Chuirinn geall gum biodh e fhèin air leth dhe na h-isbeanan ithe mus ruiginn, ged a gheall e an roinn 50/50. Ach dè an diofar. Thuirt e gun robh deich thar fhichead aige co-dhiù sa mhàileid agus ged a dh'itheadh e còig-deug mus ruiginn, dhèanadh seachd no h-ochd an gnothaich dhòmhsa. O, dhèanadh, oir cha robh mo shùil a-riamh nas motha na mo bhrù. Is math nach robh.

'Siuthad, a ghràidh, ith suas,' chanadh mo mhàthair rium, 'no cha dèan thu polasman a-chaoidh.'

Mar gum b' e neart is foghainteachd a dhèanadh deagh pholasman. O, chan e a charaid, ach eanchainn is geur-chùiseachd. Thèid seòltachd thar spionnadh. O thèid. Seall fhèin mar a rinn an luchag a' chùis air an leòmhann, agus an sligeanach air a' gheàrr. Feumaidh tu mathanas a thoirt do neart a bharrachd air laigse. Co-dhiù, dh'fhàs mi suas foghainteach gu leòr, taing dha na suasages aig Willie John.

Shuidh sinn an sin air dà chloich air an eilean. An t-Àrd-Inspeactar Tormod a' fraidhigeadh agus mise a' dèanamh na teatha. A' bruidhinn air siud is seo. Catch-up, mar a thuirt e fhèin. Seachd taighean deug a-nis aig Inspeactar Campbell agus iad uile a-mach air màl aige an Inbhir Nis. *Airbnb* nam mollachd. Constabal MacRath air gluasad dhan Aghaidh Mhòr agus ag ionnsachadh sgitheadh fhad 's a bha e ann. B' eòlach a sheanair air, na shuidhe air seann bhogsaèisg air cidhe Phort Rìgh na latha. Dougie Camshron air divorce eile fhaighinn, is beag an t-iongnadh. Dòmhnall an Dodain air a dhol na bhoireannach agus a' toirt Dolina air fhèin. 'Dolly for shorts', mar a chuir e fhèin e ann an teachdaireachd air Facebook.

'O, charaid, seachain Facebook,' thuirt Tormod Mòr rium. 'Nas miosa na an deoch làidir fhèin.'

Tilgidh glaoic clach ann an tobar nach urrainn ceud duine glic a thoirt às. Tilgidh.

Bha na sausages cho blasta 's a ghabhas, gan ithe an sin a-muigh le sàl na mara air ar bilean. Gan ithe nar làimh, oir rinn an Cruthaidhear meuran mus do rinn duine againn forca. Rinn. Co-dhiù, thàinig sinn gu cnag na cùise às dèidh nan isbeanan ithe. Las sinn na pìoban, an ceò a' toirt ùine is smuain dhuinn. Oir tha an smuain an-còmhnaidh a' tighinn ron ghnìomh. Tha. Creid Àdhamh agus Eubha. Tha thu mar a chreideas tu.

'Droch ghnothach, a Mhurchaidh,' thuirt e rium. 'Dhaib' fhèin agus dhan h-uile duin' eile.'

'Gun teagamh,' arsa mise, ged nach robh càil a dh'fhios a'm cò air, no cò mu dheidhinn, a bha e bruidhinn. Ach feumaidh duine foighidinn. Feumaidh.

'Tha rudan a' falbh is rudan a' tighinn,' ars esan.

'O tha,' thuirt mise. 'Tha sin cho cinnteach 's a ghabhas. An rud a thig leis a' ghaoith, falbhaidh e leis an uisge.'

'Ach 's e na rudan.'

''S e. 'S e,' arsa mise. 'Diofar mòr eadar clobhd is clach.'

Las e phìob a-rithist.

'Chan e gu bheil e a' cur dragh orm,' thuirt e.

'Gu pearsanta, tha mi ciallachadh. Ach chan eil mi bruidhinn gu pearsanta. Ach mar phoileas. Mar rèitire an lagha. Oir gun lagh chan eil rian.'

'Gun teagamh,' arsa mise.

'Tha rudan a' falbh agus rudan a' tighinn,' thuirt e a-rithist.

'O tha,' thuirt mise a-rithist. 'Tha sin cho cinnteach 's a ghabhas.'

Shaoileadh tu gun robh sinn a' cluich ping-pong. Mar a bhiodh sinn ann an Club an Legion an Inbhir Nis uair dhe robh saoghal. Fear beag – Stiùbhartach – an sin air nach dèanadh duine beò a' chùis. Dh'ionnsaich e ann an Singapore, thuirt e, nuair a bha e san arm. Bha e uamhasach math air back-flips mar a bh' aig' orra: tionndadh na pleadhaig bun-os-cionn agus a' cur fiaradh air a h-uile bàlla a bhualadh e. Thigeadh am bàlla thugad, agus an uair sin dhèanadh e car-a-mhuiltein agus dh'fhalbhadh e aig astar bhuat... an taobh eile. Cha robh cothrom aig duine sam bith na aghaidh. Pàdraig Stiùbhart, à Geàrrloch. Cuiridh mi geall nach cuireadh Desmond Douglas fhèin na latha eagal sam bith airsan!

'Ach seo an rud, a Thormoid. Àrd-Inspeactar mar a tha thu, agus airidh air gach urram, ged nach canadh duin' eile ach mi fhìn e,' thuirt mi. 'Chan eil gnothaich sam bith agamsa ris an dol-a-mach sin. Ris an obair sin. Tha mi retired. Suidh nad àite fhèin agus cha toir duin' ort èirigh. Sin a' chomhairle a thug thu fhèin dhomh, agus sin a tha mi a' dèanamh. Feet up on the sofa, a bhalaich, agus a' cur seachad gach feasgar a' coimhead *A Place In the Sun* air an telebhisean. Feumaidh an gobhar cagnadh far a bheil e air teadhair.'

'Aidh,' ars esan, 'ach sin an dearbh adhbhar a tha mi gad iarraidh. An innocent abroad, mar a thuirt am fear eile. An gobhar gòrach ag ionaltradh ann am pàirc a' choigrich. Ma tha a leithid a rud ann tuilleadh.'

'Nach eil sinn uile? Agus feuchaidh mi gun sitrich,' thuirt mi ris.

'Seo an rud,' thuirt esan an uair sin, agus e a' seasamh suas, mar gun robh sin a' toirt tuilleadh ùghdarrais dha no rudeigin. Duine beag a bh' ann, ged a b' e Tormod Mòr a bh' aca air. Bha bràthair na b' òige aige, Tormod Beag, a bha fada na b' àirde, agus nas motha. Ach dè fios a bhiodh aig daoine air a sin nuair a bha an dithis aca òg? Chan eil fhios agad dè thachras do dhaoine. Chan eil. Cha bhiodh mòr ann mura biodh beag ann. Agus nach àraid a' phròis agus a' mhòr-chùiseachd a tha ceangailte air guailnean nan troichean sin. Seall air Hitler agus Napoleon agus Stalin. Tha iad ag ràdh riumsa nach robh aon seach aon aca mòran seachad air na còig troighean. Iad a' faireachdainn cho beag 's gu feumadh iad seasamh os cionn an t-saoghail. Putin e fhèin. Duine beag eile.

Co-dhiù, sheas Tormod Mòr an sin 's dh'inns e dhomh na bha aige ri innse.

'Tha giomaich is creachain is strùbain is maorach a' falbh às an seo. Chan e annas tha sin, a Mhurchaidh. Tha fhios agad fhèin air a sin. Falbh air làraidhean a h-uile seachdain a-null dhan Fhraing agus dhan Spàinn, Brexit ann no às. Mar nach robh trioblaid gu leòr againn a-cheana faighinn òirleach air Cal-Mac. Chan eil teans' agad mura bheil Campervan agad. Sin an aon dòigh a gheibh iad na giomaich gu tìr-mòr: falaichte ann an camper. Agus na làraidhean a' tilleadh.

Aidh, Murdo, sin an trioblaid. Aidh. Tha na làraidhean a' tilleadh. Tha.'

'S ann a shaoileadh tu gur ann air na h-eilthirich a bha e bruidhinn. Na mìltean mòra a dh'fhalbh a Chanada agus a dh'Astràilia a-null.

'Cha do thill duine aca riamh, cha do thill,' chanadh Iain Beag nuair a bhiodh e a' bruidhinn orra. Chunnaic e iad a' falbh air a' Mheatagàma.

'Tha na làraidhean a' tilleadh, a Mhurchaidh, leis a' phuinnsean. À Marseille. A tha marbhadh nam mìltean. Mìlsean nam mèirleach, deòir nam bochd. Sèididh aon shròn shalach an clachan.'

Adhbhar smuain gun teagamh.

'Nach stad sibh iad ma-thà?' thuirt mi ris. 'Dè cho doirbh 's a tha sin?'

'Tha sinn gan stad. Ach chan e sin cnag na cùise. Chan eil unntasan ach delivery boys. Gillean-coise. Chan eil mòr gun bheag 's chan eil beag gun mhòr. Is e na dealers a tha sinn a' lorg. Feumaidh aibhnichean fuaran, a Mhurchaidh.'

'Feumaidh. Syndicate a bhios ann. Rud mòr eadar-nàiseanta.'

'Tha mi creids'. Ach fhathast bidh biast aig bàrr na craoibhe.'

'Tha fhios gum bi. Agus biast eile foidhesan agus foidhesan agus foidhesan sìos gu freumh na craoibhe. A' bhiast as motha ag ithe na bèiste as lugha, 's a' bhiast as lugha a' dèanamh mar a dh'fhaodas e? Anyway, dè an gnothaich a th' agamsa ri sin? Cò a tha thu smaoineachadh a th' annam? Sherlock is Superman còmhla?'

'Chan e, a Mhurchaidh. Ach Murchadh Beag

Mhurchaidh 'ic Mhurchaidh Bhig a tha cho
neoichiontach ri brù-dhearg a' gheamhraidh. Am brù-
dhearg a gheibh faisg air daoine chionn 's gu bheil e cho
beag is bòidheach. Cha thàl duine sam bith iolaire le
a spògan mòra biorach gu dhùirn, ach seall air Robin
Brù-Dhearg agus gach duine san t-saoghal a' càradh
chriomagan arain nan làmhan feuch an tig e a laighe air
cùl an dùirn, a' criomadh 's a' crònan 's a' ceilearadh.'
  'Bu chòir dhut a bhith nad bhàrd, a Thormoid,'
thuirt mi ris. 'Ach thèid mo phronnadh. Fhios agad,
a charaid, nuair a chì thu brùid mhòr de dhuine
a' faighinn grèim air rud beag bochd na làimh agus ga
fhàsgadh gu bàs, mar a phronnadh tu ugh an dreathain-
duinn nuair a bha sinn beag. Rud a bha toirmisgte.'
  'Tha an cunnart sin ann, gun teagamh. Ach nach
tuirt an Salmadair fhèin,

Feuch fhuair an siud an gealbhan beag
taigh-còmhnaidh math na fheum,
'S an gòbhlan-gaoithe mar an ceudn'
do sholair nead dhi fhèin.

Bu chòir dhuinn daonnan an rud air a bheil eagal
oirnn a dhèanamh.'
  'Aidh, sin furasta gu leòr dhutsa ràdh an seo. Ach
's mise bhios ann an cunnart ann am Marseille na
mollachd. Is caomh leis gach eun a nead fhèin.'
  'Ha!' ars esan. 'Creideamh na cagailte, an e?
Misneachd na mòintich?'
  'Chan e, ach an rud tha ceart.'
  'Agus nach eil e ceart cobhair a thoirt dhad
nàbaidh? Stad a chur air a' mhalairt olc a tha seo a

tha a' marbhadh nam mìltean mòra? Gun chunnart, a Mhurchaidh, chan fhaighear seachad air cunnart. Cha do rinn Theab riamh sealg, mar a chanadh Aonghas Mòr. Cuimhnich?'

'Ach mise?' arsa mise. 'Cò mise 'son sin a dhèanamh?'

'Cha leig thu leas a bhith nad Mhaois, a charaid. Dìreach pàirt bheag dhen mhìrean-mheasgaichte fhuasgladh dhuinn. Faighinn a-mach cò is ciamar. Chan eil carson gu diofar. Tha triùir aig cridhe an sgeòil, ach chan eil sinn cinnteach cò am fear a tha roinn na maraige.'

'Nach e am fear aig a bheil an sgian?'

''S e, a Mhurchaidh, gun teagamh. Ach tha a' mharag seo cho mòr 's gu bheil a h-uile pìos dhi reamhar.'

'À, uill, a Thormoid, bhiodh m' athair còir an-còmhnaidh ag ràdh gum faiceadh an glaoic an rud nach fhaiceadh an glic, agus an rud nach fhaic mi chan inns mi e.'

Sin mar a chaidh mise, a chàirdean, a shireadh fear riarachaidh na maraige. Nuair a dh'iarras caraid cobhair chan eil a-màireach ann, mar a thuirt am fear eile. Agus innsidh mi seo dhuibh. Chan eil Marseille càil nas fhaide bho Bharraigh na tha Barraigh o Mharseille.

3

Dungarees

DUNGAREES. SIN AN uniform. Ged a bha taghadh ann: buidhe nan iasgairean, no an regulation gorm a bhios duine mar mise a' cleachdadh timcheall ghnothaichean. Tha iad caran anonymous, 's chan eil thu seasamh a-mach uimhir sa ghorm. Ged a dh'fheumas tu a bhith faiceallach a thaobh nam brògan a chuireas tu ort còmhla riutha. Cha tig a h-uile cas dhan aon bhròig. O, cha tig. Tha na bòtannan math gu leòr 'son a' phuill-mhònach ach 's fheàrr na brògan mòra fhèin 'son a' chòrr. Ge bith dè cho math 's a bhios na bòtannan, ge-tà, gheibh thu salach sa poll-mhònach. Gheibh, a dhuine. Agus rud eile, chan e a h-uile duine air a bheil brògan a tha deiseil 'son coiseachd. B' aithne dhomh fear aig an robh dà phaidhir bhòtannan, agus an àite paidhir a shadail às nuair a thàinig toll an aon aca, bhiodh e a' cumail na tè shlàn gun fhios nach tachradh an aon rud dhan phaidhir eile. Agus tric a thachair, ged a chunna' mi e cuideachd sa poll-mhònach le dà chas chlì.

'Dè an diofar,' ars esan, 'tha am poll coma co-dhiù dè an taobh tha bhòtann a' lùbadh.'

25

Ach tha feadhainn mhath agam. Fhuair mi iad uair ann am bùth MacPherson's an Inbhir Nis, agus air m' onair chan eil iad air gleans no grèim a chall on latha a fhuair mi iad. Hogg's. An fheadhainn a bhiodh Anndra Glen fhèin a' cleachdadh, ma-thà tha mi 'n dùil, 's cha do leig iad esan sìos a-riamh a bharrachd. Ruighinn sa bhonn, ach sùbailte aig a' bhàrr, mar each mo sheanar. Ged a b' fheudar dhomh am bristeadh a-steach gun teagamh. Tha fhios agam fhìn cà'il a' bhròg gam ghoirteachadh. Is fhad' on a dh'ionnsaich mi an leasan sin: rud ionnsachadh dhomh fhìn mus ionnsaich mi e do dhuin' eile.

Agus vest – ge bith càit an tèid thu, air latha teth no fuar, cuir semmit ort, no gheibh thu an grèim, thuirt mo mhàthair rium, agus ghabh mi a comhairle fad mo bheatha agus cha do rinn e aon chron orm, mi cho fallain an-diugh agus a bha mi an-dè. Thig am fuachd le lèine. Thig. Is iomadh adhbhar a th' aig an earrach a bhith fuar. Is iomadh.

Rodaidh an Tàilleir a bhiodh a' toirt nan giomach a-null. A' fàgail anmoch gach oidhche Dhiardaoin taobh Mhalaig agus a' dràibheadh sìos tro Alba agus tro Shasainn dha na margaidean mòra ann am Paris agus Marseille. Bhiodh Rodaidhean eile – Rodriguez às an Spàinn agus Renato às an Eadailt agus Roald às A' Ghearmailt – an uair sin gan toirt dha na taighean-bidhe spaideil aca fhèin ann am Madrid is Milan is Munich is eile. Ann an taigh an fhìdhleir bidh a h-uile duine a' fìdhlearachd, mar a chanadh na bodaich.

Bha Rodaidh an Tàilleir cho neoichiontach ri calman. Cha robh esan ach a' togail a' mhaoraich a-null thairis agus a' gabhail nam bogsaichean falamh

a bhiodh iad a' toirt dha ach an toireadh e air ais iad
airson an ath-nuadhachadh. Bha raon-gnìomhachais
anns A' Chaisteal Nuadh an ceann a tuath Shasainn a
bhiodh gan gabhail bhuaithe. Ionad mòr an sin far am
biodh iad ag ath-chuartachadh gach seòrsa gnothaich,
eadar plastaig is pàipear, is tiona gu stàilinn. Iad
a' sàbhaladh na cruinne.

'Cuairt fhada th' ann, a Mhurchaidh,' thuirt
Rodaidh rium nuair a dh'fhaighnich mi dha am
faodainn a dhol còmhla ris.

'Nach faigh thu plèana a-null, a charaid? Uair a
thìde o Bheinn a' Bhaoghla a Ghlaschu agus an uair
sin dà uair a thìde sna speuran agus tha thu ann am
Madrid no air a' Chosta Bràbha. Sun, sangria is suiteis,
mar a chanas iad.'

'À, laochain,' arsa mise, 'cha chaomh leam
plèanaichean. Cha mhòr nach do ghànraich mi mo
bhriogais an turas mu dheireadh a bha mi air tè, 's cha
robh sin ach eadar seo agus Steòrnabhagh 's i a' buiceil
sìos is suas nas miosa na An Suilbhean anns na seann
làithean. "Turbulence" ars am paidhleat. Is ann a bha
an turbulence, Rodaidh, na mo mhionach. Chan e –
b' fheàrr leam siubhal air mo shocair gu slaodach. Is
ann ainneamh a choinnicheas math is luath – sin an
suaicheantas agamsa, a charaid. Nach cual' thu mun
fhear a shiubhail an saoghal agus aig deireadh an sgeòil
cha robh fhios aige dè a b' fheàrr – luathas no maille?
Is nach eil ùine gu leòr agam co-dhiù? Dè eile tha mi
dèanamh? Chan eil càil ach nam shuidh' aig an taigh
air mo mhàs. Nuair a gheibh mi às leis.

Oir bidh i fhèin gam thoirt air chuairtean a-mach
leis an rothair. Tha e àraid, oir nuair a bha mi nam

chnapan beag bha mi cho dèidheil 's a ghabhas air a' bhaidhsagal, ged a bha na handle-bars cam agus elastoplast air gach òirleach dhe na taidhrichean. Ach bha iad math sìos am bruthach, a' rèiseadh eadar an dà bhò aig Mùgan a bhiodh an-còmhnaidh nan seasamh air an rathad mhòr.

'S e na gìors a chuir crìoch orm. Na rothairean ùra ud a thug Poilis a' Chinn a Tuath dhuinn nan latha: Shimanos fansaidh le 24 gìors, agus 's ann a dh'fheumadh duine PHD ann an Astrophysics 'son an tuigsinn. Chan eil sin aig Murdo. Chan eil a charaid. Ach tha fuasgladh air tighinn air a' chùis. Tha 'racer' mar sin aice fhèin ach fhuair Murchadh baic-dealain dha fhèin! Press Button A, agus siud leam suas am bruthach mar Mo Farah.

Is gann gun urrainn dhi fhèin cumail suas rium, ach cha bhi mi a' bruthadh a' phutain a tha ag ràdh 'Turbo' uair sam bith, ach dìreach am fear Eco feuch gum bi mi fhìn 's i fhèin taobh ri taobh sìos is suas an rathad. Tarsainn a' chabhsair le picnic gach dàrnacha latha, agus a' togail nam faochagan fhad 's tha sinn aige, panier làn aicese agus panier làn eile agamsa agus an dithis againn a' seinn 'A' buain nam bàirnich nam bàirnich nam bàirnich, a' buain nam bàirnich air creagan rubh' nan cudaigean.' O, ghràidh, tha iad cho math air am fraidhigeadh ann an ìm.

Sin an aon àm a gheibh mi às le bhith fraidhigeadh, oir tha i fhèin air an diet agam atharrachadh. Agus is mi tha taingeil. Tha mi air cuideam a chall, agus tha am blood-pressure agam cho rèidh ri fear leth m' aois, a rèir an dotair. Och, feumaidh mi aideachadh gun robh e duilich an toiseach: aran cruaidh ruadh seach an lofa

mhìn gheal, rus tioram seach am buntàta le ìm, agus an
salann agus an siùcar air a chasg, ach tha mi creidsinn
gu bheil e mar gach rud math eile: cha thachair e gun
ìobairt. Agus eil fhios agaibh dè, a chàirdean? Tha e
còrdadh rium glan: b' fheudar do Shaul fhèin an solas
fhaicinn. B' fheudar. Sòl gu Pòl.

Ged a bhiodh dùbhlan is buaireadh sa chuairt a bha
romham, gun teagamh. Oir bha Rodaidh cho dèidheil
air na fry-ups: dh'fheumainn sin a sheachnadh. Chan
eil slighe sam bith gun chunnart. Chan eil.

'Chòrdadh e rium an dùthaich fhaicinn, ged nach
biodh ann ach an A82 a-rithist – the bonnie, bonnie
banks of Loch Lomond – agus an M1. Agus tha fhios
gun còrdadh caraid riut air do chuairt? Tha fhios
gum bi thu fàs beagan aonranach a' dràibheadh nan
rathaidean mòra tha sin uair às dèidh uair – chumainn
còmhradh riut gun teagamh.'

Agus is mi a chùm. Agus òrain. O, tha mi glè
mhath orra, ged nach deach mi a-riamh a-steach
airson a' Mhòid no càil dhen t-seòrsa sin. Bidh mi
a' seinn an-dràsta 's a-rithist aig cèilidhean. 'Chuir iad
an t-sùil à Pilot' am fear as fheàrr leam. Bidh daoine
a' magadh orm, ach dè an diofar – nach fheàrr magadh
na càineadh?

> *Chuir iad an t-sùil à Pilot bàn,*
> *Chuir iad an t-sùil à Pilot;*
> *Chuir iad an t-sùil à Pilot bochd,*
> *'S gun fhios ciod an lochd a rinn e.*

Mar a h-uile eucorach eile: neoichiontach gus an
tèid fhaighinn ciontach. Nach do dh'ith e na sausages?

Èibhinn mar a bhiodh na coin an-còmhnaidh
a' teicheadh à bùth a' bhuidseir anns na comaigs le
sreath de dh'isbeanan mun amhaich. Annasach nach
fhaca mi leithid riamh, fiù's an Inbhir Nis. Co-dhiù,
chùm mi orm oir bha mi ag aithneachadh gun robh e
a' còrdadh glè mhath ri Rodaidh.

> Ghleidheadh e dhòmhsa 'n gàradh-càil,
> Gu là bho chromadh an duibhre,
> Polasman riamh cha robh aig na Goill
> Cho math ris air faireadh na h-oidhche.

Sin agaibh bàrdachd cheart a-nise seach am mablach
de rudan a bhios iad a' sgrìobhadh san latha th' ann gun
ruitheam no rian no rann, mar gun robh aig an t-saoghal
mhòr èisteachd ris na trioblaidean saicealogaiceach
acasan. Ma-thà, tha mi an dùil, a' phiseag à Ceòs. Ò,
agus an t-òran eile is caomh leam, an sàr-bhàrdachd ud
a sgrìobh Para Handy. Bidh mi ga sheinn dhomh fhìn
gach uair a thèid mi a-mach cuairt san eathar.

> Aye, the Crinan Canal for me,
> It's neither too big nor too wee,
> Oh! It's lovely and calm when you're frying your ham,
> Or makin' a nice cup of tea!

O, gun teagamh, bidh e a' toirt orm smaoineachadh
gach uair a sheinneas mi e. Cho fìrinneach agus a tha na
faclan. Toirt dealbh orm fhìn, chanadh an fheadhainn
a tha fìor eòlach orm. Oir chan eil nas fheàrr na bhith
a-muigh air fairge air latha ciùin le roile is hama is
deagh chopan teatha. Is caomh leam rudan – agus

daoine – nach eil ro bheag no ro mhòr asta fhèin. An fheadhainn sin a bhios gan càineadh fhèin fad na h-ùine agus a ghabhas fiù 's moladh mar chàineadh.

'Latha brèagha 'n-diugh,' canaidh mi riutha ma choinnicheas mi riutha sa bhùth, agus chì mi iad a' smaoineachadh, Aidh aidh, dè tha am balgair ud a' sireadh a-nis? Chan eil càil a chàirdean, ach dìreach a' beannachadh an latha dhaibh, air m' onair. Is fheàrr sleamhnachadh le do chasan na le do theanga, gun teagamh. 'Feuch, cia mòr an connadh a lasas teine beag!' Agus an fheadhainn a tha an taobh eile, agus a tha cho mòr asta fhèin agus nach crom iad sìos 'son barrall na bròige a cheangal. Aithnichidh tu iad – slip-ons orra, agus feadhainn leathair aige sin le gleans asta. Chan aithnich thu an t-each breac mus fhaic thu e. Chan aithnich.

Co-dhiù, chùm na h-òrain agus na yarns a bh' agam fhìn 's Rodaidh a' dol fad an rathaid sìos an A82. Rathad nam mollachd. Uill, chan eil càil ceàrr air an rathad fhèin a bharrachd air gu bheil tuill an siud 's an seo, ach nam biodh na daoine sin beò ri linn mo sheanar cha dèanadh iad gearain. Murdo Beag a' Ghreusaiche a' coiseachd dà fhichead mìle tarsainn na mòintich gus a dhol Steòrnabhagh 'son gràpa a cheannach, agus nuair a thàinig an rathad mòr dè bh' ann ach clachan is morghan is cairt is each. 'S na dràibhearan an seo a' gearan mar an donas ma shuathas an suspension aca lag bheag san rathad. Chan eil fhios aca gu bheil iad beò. 'Cò ris a thèid mi a ghearan 's gun Mac Mhic Ailein am Mùideart', mar a thuirt an Dòmhnallach eile.

O, chan e – chan e na rathaidean a tha a' dèanamh a' chron ach na daoine a tha air cùl nan cuibhlichean.

Chan e an eathar as coireach ach am maraiche. Falbh aig astar an donais. Aon rud cinnteach a tha mi air ionnsachadh gur e a' cheist an-còmhnaidh, 'Cò rinn e?' Agus 's e am freagairt as fheàrr 'Mise!'

Ach chaidil mi co-dhiù. Oir nì Murchadh cadal cho math ri duine sam bith, ged nach biodh ann ach cadal a' gheòidh fhèin. Chanadh m' athair gun caidlinn air ròp-aodaich!

'A Mhurchaidh,' arsa Rodaidh – 'fhios agad gu bheil leabaidh air bòrd? Shuas an sin os ar cionn. Dè ma chaidleas tusa sin tron latha agus gabhaidh mise fois tron oidhche?'

Agus sin a rinn sinn. Leag do cheann far am faigh thu sa mhadainn e, thuirt mo mhàthair rium, agus is i bha ceart. Rodaidh còir gar dràibheadh gu cùramach faiceallach sìos tron dùthaich tron latha agus mise nam laighe shuas le srann nan tunnagan, agus air an oidhche esan a' dol innte agus mise nam shuidhe san làraidh a' leughadh. Is math an oidhche, gun teagamh. Gleidhidh i crodh is caoraich is càirdean.

O, is caomh leam leughadh a chàirdean. Is caomh. Leabhraichean cowboy as fheàrr leam: an fheadhainn aig Zane Grey agus Louis L'Amour agus Larry McMurtry. *Riders of the Purple Sage* le Grey as fheàrr leam dhiubh uile. Tha mi air a leughadh grunn thursan: sin agus am Bìoball. Leabhar Iob am fear as fheàrr. Na dh'fhuiling an duine bochd! Ach sheas e làidir gu ceann, a dh'aindeoin na comhairle bha ga chuairteachadh. Sheas, an duine còir. Èist ri duine, ach lean Dia. Agus fhuair e dhuais da rèir. Fhuair. Bheir foighidinn furtachd, mar a chanadh na cailleachan às dèidh na coinneimh.

4

Rodaidh

NACH MI A bha gòrach. 'Uill, cha robh Murdo aig baile nuair a chaidh ciall a roinn a-mach,' thuirt m' athair. Ach sheall mise dha. Sheall. Nach e ciall aig an toiseach an rud a tha dhìth ach ciall aig an deireadh. Mar a rinn an sligeanach a' chùis air a' ghèarr. Is ann aig deireadh an latha a dh'innseas iasgair a thuiteamas. 'S ann. Agus dh'ionnsaich mi seo – nam b' urrainn dhut a h-uile rud a dhèanamh dà thuras bhiodh sinn uile na bu ghlice. Sin as coireach gum bi mi a' tionndadh an uighe agus ga fhraidhaigeadh air gach taobh. Agus rud eile, a chàirdean, math agus gu bheil ceann mhic an duine, cuimhnich gu bheil a dhà air a' mharaig. Agus gun teagamh, tha a' mharag fhèin nas glice na cuid dhe na h-eucoraich ris am b' fheudar dhòmhsa dèiligeadh, a charaid. Dùgaidh Beag, mar eisimpleir, a ghoid camain-goilf às a' bhùth agus a chaidh a ghlacadh nuair a b' fheudar dha leum sìos nan staidhrichean. Bha aire cho mòr air an rud a bha e dol a ghoid 's gun do dhìochuimhnich e gun robh e air a dhol suas an staidhre, agus siud e le caman 5 Iron ann an aon osann agus putter san osann eile, gun chomas a ghlùinean a' lùbadh. Chan b' e ruith ach leum a rinn an truaghan, na camain a' tuiteam a-mach à bonn na briogais agus e fhèin a' dol car a' mhuiltein gu 30 latha eile ann am Porterfield. Nach tric nach fhaic sinn an rud a tha air ar beulaibh agus ar sùil air an dùthaich a tha fad às.

Bha dùil a'm gum bithinn fhìn is Rodaidh a' falbh leis na giomaich agus na creachain dha na taighean-bidhe mòra ainmeil air feadh na Roinn Eòrpa. Oir bha mi air rannsachadh a dhèanamh, a chàirdean, agus abair gu bheil fèill air maorach nan cladaichean glana againne. Fresh West Coast Shellfish air a shanasachadh air feadh an t-saoghail, riaghailtean is cùmhnantan Bhrexit ann no às. Crabs from Carinish! Lobsters from Lochboisdale! Scallops from Scalpay! Mussels from Mangersta!

Aig an *Chardon d'Or* an Glaschu. Sin a' ciallachadh Am Fòghnan Òr dhuibhse nach do dh'ionnsaich beagan Fraingis mar mise. Rinn mi fhìn agus Sàirdseant Morrison, mus d' fhuair e an ad bhiorach, cùrsa-latha turas an Dùn Èideann oir bha an dithis againn air diùtaidh, a' geàrd Ambasadair na Fraing nuair a thàinig e a dh'fhosgladh Instidiud na Fraing sa bhaile mhòr.

'Bonjour,' thuirt an duin' uasal rinn, agus dè thuirt Sàirdseant Morrison, agus e dèanamh salute, ach,

'Agus mar an ceudna dhuib' fhèin, a dhuin'-uasail.'
Amadain.

An uair sin, bha dùil a'm gun dràibheadh sinn sìos an M1 gu Lunnainn a thadhal air an Oysterman ann an Covent Garden (chunna' mi prògram mu dheidhinn air Channel 4) agus às a sin a-null gu Paris far an toireadh sinn na crùbagan agus na bàirnich o sgeirean Mhiùghlaigh gu *Lasserre* air an *Champs-Élysées* agus an uair sin sìos gu Madrid le na h-eisearan 's na strùbain.

Ach – mo chreach 's a thàinig 's 'ho-rì-ho-rò mo nìghneag' – cha do rinn sinn càil dhe sin. 'A nighneag a ghràidh 's tu dh'fhàg an dochair nam cheann', mar a sheinn John Murdo. Ach an àite sin, dìreach a' stad an siud agus an seo aig raointean gnìomhachais mòra glasa taobh a-muigh nam bailtean, far an robh làraidhean snasail a' togail ar cuid maoraich 'son an toirt a-steach dha na taighean-bidhe spaideil sin anns na sgìrean beairteach sna bailtean mòra. Bha e mar European Grand Tour air Raon Gnìomhachais an Longman an Inbhir Nis, man. Ma chì mi Tyre Specialist eile fannaichidh mi.

Bha a' chuairt mar sheòrsa de bhruadar. A dh'aindeoin an rathaid mhòir, chitheadh sinn bailtean beaga grinn is achaidhean mòra uaine air gach taobh. Tuathanasan beaga an siud agus an seo far am biodh Murchadh is Mòrag air choreigin eile dèanamh an cuid fhèin nan dòigh fhèin. Agus cho uaine agus a tha Sasainn, nuair a chì thu e bho àirde na làraidh. Chan eil aon iongnadh gun robh am bàrd a' miannachadh Ierusalem a thogail ann. Ged a fhuair Leòdhas an t-urram sin romhpa.

Agus cho bòidheach agus a tha an Fhraing, a chàirdean. Mura b' e cho teth agus a tha i thall an sin dheidhinn a dh'fhuireach ann. Is caomh leatha fhèin an teas, ach 's fheàrr leamsa latha fionnar foghair. Mura feum thu semmit sa gheamhradh, tha rudeigin ceàrr, mar a chanadh A' Chràic, agus e a' dol timcheall le vest a latha agus a dh'oidhche, teas no fuachd ann no às.

Co-dhiù, ràinig sinn ar ceann-uidhe leis an lot mu
dheireadh a bh' againn mu dheireadh thall, air raon
mòr glas eile mu chòig mìle siar air Marseille. Ceudan
de sheadaichean beaga is mòra an sin. Gach eun gun
nead is stràbh na ghob. Cuid dhiubh falamh, sàmhach
is cuid eile cho trang ri na Narrows fhèin air oidhche
Shathairne. Bhiodh Dan a' seòladh a-null is a-nall an
sin a' seinn 'O nach àghmhor' 's gach cove a bha dol
seachad ag èigheach air ais 'A-nis bhith fàgail'. Cha
robh a-riamh aig Dan bochd ach an t-sèist, agus gach
uair a ruigeadh e 'eilean suairce nan cruachan mònach'
bha e air ais a-rithist aig 'O nach àghmhor' 's bleigeard
eile ag èigheach ris 'a-nis bhith fàgail an t-àite tàmh seo'
anns an dol seachad.

Ach cha robh seinn sam bith am Marseille. Dìreach
ceòl, agus chan ionann sin. Mas e ceòl a chanas tu ris.
Mas ceòl feadaireachd tha gu leòr an siud dhith, mar
a thuirt am bodach eile. Fuaim an diabhail a' sgairteil
às gach dàrnacha togalach far an robh a h-uile seòrsa
obair a' dol air adhart. Cha leigheas ceòl an dèideadh.
Cha leigheas. Is binn gach eun na dhoire fhèin, no
rudeigin. Bha seada mhòr an sin air an robh sgrìobhte
Poisson. Iasg, thuirt Rodaidh rium, mar gun do rugadh
an-dè mi. Ma tha thu ag iarraidh a bhith ag ùrnaigh,
a charaid, thig a-steach a Steòrnabhagh air oidhche
Haoine, thuirt an deucon rium turas. Cothromaichidh
tu an saoghal le ùrnaigh. Sin mar a bha Marseille.
Ùrnaigh an-diugh agus breugan a-màireach, mar a
chanas iad.

Rebhearsaig Rodaidh an làraidh an sin agus thàinig
dà bhalach tapaidh a thogail nan crùbagan is nan
giomach mu dheireadh air falbh. Bha na creutairean

MURDO ANN AM MARSEILLE

bochda an sin a' plubadaich timcheall fhathast cho beò
fallain agus a bha iad a-riamh ann an Caolas Bharraigh.
Nach iongantach an saoghal, thuirt mi rium fhìn, gum
bi giomach a' cluich gu sunndach ann an lòn saillte am
Bhatarsaigh aon latha agus an uair sin air truinnsear
spaideil ann am Bordeaux an làrna mhàireach?

'Mar fheur na machrach, a tha an-diugh ann, agus
a-màireach air a thilgeadh dhan abhainn,' thuirt an
t-Urramach MacNeacail.

Thàinig e gu cnag na cùise. Aon uair agus gun tug
na balaich na creachain 's na giomaich mu dheireadh
a-steach dhan t-seada aca, thill iad le troilidhean
loma-làn le bhogsaichean de gach seòrsa: cardboard,
fiodh, plastaig, beag is mòr is meadhanach, le Recycler
sgrìobhte air mullach gach bogsa, agus na bha nam
broinn sgrìobht' air an cliathaich: pàipear, plastaig,
iarann, stàilinn, glainne, fònaichean, meatailt... Cha
do bhris fear a-riamh bogha, nach d' fheum fear eile
an t-sreang.

'Nach eil àite aca an seo fhèin far an ath-nuadhaich
iad na gnothaichean sin?' thuirt mi ri Rodaidh.

'Tha. Ach spondoolocks, a charaid. Tha iad a' faigh-
inn deal nas fheàrr bhon taobh thall. A dh'aindeoin
Brexit nam mollachd. Dan's Demolition Den sa
Chaisteal Nuadh. Tha dòighean aig Dan. Gabhaidh
esan rud sam bith, agus ùraichidh e e. Feumaidh na
fithich fhèin a bhith beò, nach fheum? Aon turas thug
mi seann phlèana air ais thuige à San Sebastian air
biast mhòr de thrèilear. Aviocar a bh' ann, a bhiodh
feachdan-adhair na Spàinne a' cleachdadh uair dhe
robh saoghal. Rinn Dan ionad *Airbnb* às.'

''S customs?'

'O, sùil gheur an sin gach turas. Ged a tha balaich a' chusbainn a' fàs searbh a' coimhead a-staigh air sgudal. Fàsaidh tu dall a' coimhead air rudan ro fhaisg. Uaireannan bidh mi a' toirt giomach no dhà dhaibh, agus cha bhi iad a' bodraigeadh. Cha toigh leam a bhith air mo chumail air ais, agus tha e gu math àraid mar a gluaiseas tu suas anns an t-sreath, a Mhurchaidh, aon uair 's gun seall thu am giomach dearg dhaibh.

"Homard!" canaidh iad, agus aon uair 's gun cluinn mise am facal sin tha fhios a'm gu bheil mi air mo rathad dhachaigh gu mo leabaidh chùbhraidh bhlàth.'

5

Marseille

BHIODH RODAIDH A' gabhail latha dheth às dèidh dràibheadh cho fada. Dh'fheumadh e, oir b' e sin na riaghailtean Eòrpach. Chan eil iongnadh gun do theich sinn a-mach às. Dh'fhàg e an làraidh air cùl an togalaich *Poisson* – 'cha do thachair dad a-riamh dhi an sin. Bidh na balaich a' cumail deagh shùil oirre' – agus rinn sinn air a' bhaile fhèin.

Thug fear dhe na balaich – Emir – lioft dhuinn a-steach dhan bhaile. À Morogo a bha Emir. Casablanca, thuirt e. Am baile as bòidhche san t-saoghal. Taighean brèagha geala ann agus tràighean àlainn. Dà bhuidheagan anns gach ugh. Aon latha thigeadh e air ais ann, nuair a dhèanadh e beagan de dh'airgead. Ach bheireadh sin ùine, oir bha e a' cur a' mhòr-chuid dhe thuarastal bhon fhactaraidh dhachaigh gu a mhàthair gach seachdain. Is blàth anail na màthar. Bha còig bràithrean agus dà phiuthar na b' òige aige. Bha a' Bheurla aige caran mar a' Bheurla agam fhìn: uaireannan cha robh thu cinnteach an ann air rud a thachair, no air rud a bha dol a thachairt, a bha e a' bruidhinn.

'I'm going to the baile mòr yesterday,' mar a chanadh Murdigan sa bhail' againn fhìn, agus dè an diofar a bh' ann co-dhiù, oir dheigheadh e ann nuair a dheigheadh e ann.

Thug Emir sinn sìos faisg air a' chaladh gu taigh-òsta beag far am biodh Rodaidh a' fuireach nuair a bhiodh e sa bhaile. Cailleach mhòr Fhrangach aig an deasg a chuireadh stad air Cú Chulainn fhèin.

'A chaillich, an gabh thu an rìgh?' dh'fhaighnich fear.

'Cha ghabh 's nach gabh e mì,' ars ise.

Thug i sùil orm, 's i eòlach roimhe seo air Rodaidh.

'Your friend?' thuirt i ris.

'The best room for Mr MacDonald,' ars esan. 'The one with the view of the harbour.'

Lùb i a-null agus shìn i iuchair dhomh. Bha 1 sgrìobht air. Stob i a corrag suas gu h-àrd ag innse dhomh gun robh an rùm shuas an staidhre. 'Hai-hò hairum'. 'S e bha – aig mullach seachd staidhrichean, le sealladh farsaing a-mach air a' Mhediterranean. Mìle soitheach sa bhàgh agus an cuan fhèin dubh-ghorm. Gach sràid fodham cho trang ri faing, agus a h-uile duine na shrainnsear.

Bha an seòmar beag, ach eireachdail. Plaide dhathach chlòimhe mar a bh' aig Peigidh Bheag mo sheanmhair air an leabaidh. Bha i cho dèidheil air na dathan: paidseachan gorma is uaine is buidhe is dearga air feadh an taighe aice. Bha tea-cosy aice air fhighe, aon taobh gorm is aon taobh uaine, a' riarachadh m' athar agus a bhràthair, m' athair a' leantainn Rangers agus a bhràthair Celtic.

Oir Dia tha cothromach is ceart,

is ionmhainn leis a' chòir:
Ag amharc air na fireanan
le deagh ghnùis làn de ghlòir,

bhiodh i a' seinn an-còmhnaidh fhad 's a bha i an
ceann an obair-taighe, agus gach uair a dhòrtadh i
a-mach copan teatha dhaibh.

Cha robh coire no eile ge-tà anns an t-seòmar ud
ann am Marseille. Bha fuaradair beag ann, le botal
uisge agus botal leanna. O, seachain an drama a
Mhurchaidh, thuirt mi rium fhìn. Ge bith dè eile a nì
thu, seachain an drama. Am botal mòr – sporan an
amadain, thuirt m' athair rium a' chiad turas a chaidh
mi a-steach dhan Royal. Agus 's e bha ceart. Is beag
a dhèanadh gròt dhan fhear a dh'òladh crùn. Dà
fhichead bliadhna on uair sin, tha is còrr, taing dhan
Chruthaidhear. Tha mìle bliadhna mar an là-an-dè.
Tha, Mhurchaidh. Tha. B' e sin an salann daor.

Chaidh mi a-mach air chuairt. Sìos dhan chidhe.
Uill, chan e aon chidhe a bh' ann mar a th' againn
am Bàgh a' Chaisteil no dhà mar a th' aca san Òban,
ach na ceudan, nan sreathan ri taobh na mara.
Soithichean mòra nam mollachd – na cruise-liners ud
– nan suidhe a' deàrrsadh le solais ged a bha a' ghrian
a' sgoltadh nan creagan. Atharrachadh na gnàth-
shìde agus Blàthachadh na Cruinne, an duirt thu? Dè
an diofar a tha sin a' dèanamh dha na bodaich 's na
cailleachan beairteach ud ag òl an cuid fìon air bòrd,
oir bhiodh iad a' gearan mun dorchadas ann an àird na
maidne nan cuireadh an stiùbhard dheth na solais. O
Chruthaidhear, nam biodh iad air seòladh oidhche air
an *Loch Mòr* bhiodh fhios aca dè a bh' ann am fairge

41

agus ann an dorchadas.

Agus mar gach baile mòr eile, bha na seann togalaichean shìos mun chaladh uile air an ùrachadh agus air an dèanamh nan àiteachan-còmhnaidh. Soidhnichean air grunn dhiubh ag innse dhut gum b' urrainn dhut fear a cheannach 'son millean iùro, ma-thà tha mi 'n dùil, chan e phiseag à Ceòs a cheannaicheadh sin mura ceannaicheadh Iain Mòr fhèin e, a rinn fhortan a' ruith taigh-seinnse nan Gàidheal an Inbhir Nis. Bho na Lochan a tha Iain Mòr ceart gu leòr, agus tha iad ag ràdh riumsa gu bheil barrachd airgid aige na bha aig Midas fhèin. Ged beag a dh'fheum a rinn e dhàsan a bharrachd. Cha tuirt duine a-riamh gun robh a sporan làn. Cha tuirt, a charaid.

Eathraichean beaga brèagha le siùil gheala ann an aon phàirt dhen chaladh. Oiteag bheag gaoithe ann, cho blàth ri teas na h-àmhainn. Chluinninn na siùil a' crathadh. Choisich mi sìos a thoirt sùil orra. Marina, bha an soidhne mòr ag ràdh le soidhne nas lugha ag ràdh *Yachts à louer à la marina*. Marina. Agus fhad 's a bha mi smaoineachadh mun ainm thàinig fàileadh a' chofaidh nam chuinnlean. Cofaidh dubh a ghabh i, cho dubh ri a falt.

Chan eil mi cho dèidheil sin air cofaidh Nescafé nam mollachd a bhiodh aca ann an staff-room a' phoilis ach bha am fàileadh cho math an latha ud ann am Marseille 's gun do stad mi aig cafaidh beag 'son fheuchainn. Cha mhòr nach tug e an ceann dhìom, mar a' chiad dhrama a ghabh mi a-riamh. An t-Each Geal a bha sin. Cofaidh Tuirceach a bha seo. Cofaidh ceart. Pònairean a phronn an duine le òrd beag air mo bheulaibh. Bha droch ainm aig na Turcaich ri linn mo sheanar, ach tha a h-uile duine faighinn clup bhuap' a-nis. Agus chan e clup a' bhobhla leis an deimhis mar a fhuair mise o Aonghas Beag an Tàilleir. Is iomadh rud a chì duine a bhios fada beò. Bha pìos beag seòclaid air an truinnsear ri taobh a' chofaidh a bha a cheart cho blasta ris a' chofaidh fhèin. Agus ceòl air an rèidio aig fear cùl a' chunntair. Frank Sinatra, a' seinn 'You make me feel so young.' 'S ann a shaoileadh tu gun robh an saoghal ceart agus nach fheumadh càil atharrachadh, no nach robh càil ceart agus gu feumadh a h-uile nì atharrachadh.

Agus an do dh'inns mi riamh dhuibh am prìomh rud a dh'fheumas deagh pholasman? Deagh chluasan. Och, tha fhios a'm, bhiodh an t-amadan Inspeactar ud eile, Inspeactar Black, an-còmhnaidh ag innse dhuinn ar sùilean a chumail fosgailte – mar gum b' e annas a bha sin! Nach eil na cearcan fhèin a' dèanamh sin? Tha aon chànan aig na sùilean air feadh an t-saoghail. Ach chan e na sùilean a tha faicinn na fìrinn, a chàirdean, ach na cluasan! Chan fhaic an droch chù am madadh-allaidh. Chan fhaic, a charaid. Ach ged a bhiodh do shùilean dùinte, cluinnidh tu an rud a tha ceàrr mìle air falbh. Cluinnidh, a charaid. Fuaim beag an siud nach eil cumanta. Casad an duine an seo nach eil àbhaisteach. Crith bheag na ghuth a tha ga bhrath. Cluinnidh tu a' bhreug ged a bhiodh an tàirneanaich fhèin a' bragadaich. Is fheàrr an t-olc a chluinntinn na fhaicinn. Is fheàrr.

Agus fhad 's a bha mi nam shuidhe an sin ag òl mo chofaidh, chuala mi e. Dìreach sgiorralaich bheag, mar luchag aig toll. Am fear a bhios a' bruidhinn a' cur, agus am fear a bhios sàmhach a' buain. Cha do choimhead mi agus cha do thionndaidh mi, oir bhiodh sin air leigeil fios dha gun robh fhios a'm. Ach bha sgàthan thall san oisean, agus chithinn e cuideachd. Am fear a ghoideas an t-ugh, goididh e a' chearc. Ach dè an diofar dhòmhsa, smaoinich mi? Ma bha an duine a' dol a ghoid nan uighean, dè an gnothaich a bh' agamsa ris a sin? Is fheàrr lùbadh na briseadh. Nam choigreach an seo am measg choigreach. Mar Leòdhasach air an eilean. Mar sin, ann an cunnart. Agus tha mi cinnteach gun robh droch fheum aig an duine air na h-uighean co-dhiù. Bean is teaghlach aige a' bàsachadh leis an acras ann an clobhsa ghrod air choreigin an seo. Thig an t-acras tro bhalla cloiche. Thig, a charaid. Ach 's e goid goid, beag no mòr, oir chan eil ach mòran no beagan eadar a' bhò agus a' mheanbh-chuileag.

Bha mi a' dol a thoirt rabhadh do fhear na bùtha, ach dh'atharraich mi m' inntinn. Cò aig tha fios dè dhèanadh e air an duine bhochd. B' fheàrr rabhadh a thoirt dhan mhèirleach fhèin. Dè bh' ann ach onfhadh na poite bige co-dhiù. Sheas mi 's chaidh mi a-null far an robh am fear a bh' ann, agus na h-uighean aige am pòcaid a' chòta.

'Gog-ai,' thuirt mi ris fom anail, agus thug e sùil orm. Tha fhios gum bi na cearcan a' dèanamh an aon fhuaim ann am Marseille agus a bhios iad a' dèanamh ann am Malaig. Thog mi na h-uighean a bh' air fhàgail agus sheinn mi, 'Bha Gog Gog Gog aig a' choileach ghlas a-raoir.'

Chuir an duine bochd na h-uighean air ais agus dh'fhalbh e a-mach às a' chafaidh.

Bha fear na bùtha a' feadaireachd. Chan eil mi buileach cinnteach an e am Marseillaise air no 'Gog Gog Gog' a bha e ris, ach phàigh mi an duine còir co-

dhiù agus choisich mi sìos *La Canebière*, agus mi fhìn
a' feadaireachd 'Nead na Circe Fraoich', a bha uair dhe
robh saoghal 'anns a' mhuileann dubh o shamhradh'.
Fàg Leòdhas is cluinnidh tu gach naidheachd, thuirt
mo mhàthair rium. Cluinnidh.

Chuala mi guth fhad 's a bha mi shìos an t-sràid
a' feadaireachd. Guth Cockney. Bha fear dhiubh
còmhla rinn greis sa phoileas an Inbhir Nis. Andy. PC
Andrew Taylor. Andy Pandy a thug e air fhèin, oir bha
e cho dèidheil air far-ainmean agus 'slang'. PC Turbo a
bh' aig ormsa, leis cho slaodach 's a bhithinn
a' dràibheadh. 'Feuch nach gluais thu suas gu 2nd gìor,'
chanadh e a h-uile turas a bhiodh sinn a-mach air patrol.
Andy còir. Duine gasta. Bha a phàrantan air gluasad
suas a dh'Inbhir Nis nuair a bha e na dheugaire, ach
mar mhuinntir Nis fhèin, chan fhaigheadh e cuidhteas
dualchainnt Lunnainn. 'You can take the boy out of the
East End,' chanadh e, 'but you still can't take the East
End out of the Krays. Awright, mate?'

Aidh, awright, a dhuine. Tè bhàn air choreigin le
siogarait a bha ris a' chainnt Cockney. I fhèin agus
bodach beag le deise ghleansach serge air. Duine beag
dèanta, mar a chanadh iad sna seann làithean. Cha
b' e Cockney sam bith a bh' aigesan a rèir na Beurla
briste a chuala mi. Bha bodach san Eilean Dubh thall
taobh Avoch mar sin. 'It's goan tu be wat the morra,'
chanadh e. 'Vary wat. The morra,' bha am bodach beag
dèanta ag ràdh. 'The morra.'

Nach ann aige bha an fhoighidinn, smaoinich mi,
ged nach fhaca mi a-riamh am fear seo san Abhach.

'Is math am buachaille an oidhche,' a chanadh iad
uair dhe robh saoghal, 'oir bheir e dhachaigh gach

45

beathach is duine.'

Uill, feumaidh nach robh iad a-riamh ann am Marseille, a charaid.

6

Customs

CHUIR SINN AN latha seachad ann am Marseille. Bha
Rodaidh airson na soithichean a bha seòladh a-mach
agus a-steach às a' chaladh fhaicinn, ach chunna mise
sanas airson cuairt a-mach gu *Chateau d'If*. Caisteal
coltach ri Cìosmuil, ach gum b' e prìosanaich a bhiodh
iad a' cumail an sin, seach gaisgich Chlann Nèill.
Chateau d'If, far an robh The Count of Monte Cristo
fo ghlais. Duine garbh. Bha mi a-riamh dèidheil air am
film a rinn Robert Donat mu dheidhinn. O, bha sin
math a charaid. Robert Donat a' cluich a' ghaisgich
Edmond Dantes. Esan fear dhe na Three Musketeers.

B' e mi fhìn agus Dòmhnall nan Sgliugain agus
Ruairidh Beag a' Chùbair na Trì Musketeers.
D'Artagnan agus Porthos agus Aramis. H-uile duine
againn an-còmhnaidh a' sabaid cò bhiodh D'Artagnan,
oir b' e esan an gaisgeach a bu mhotha. Bhiodh sinn
a' gabhail turns, agus a' sàbhaladh càch-a-chèile à
sgriorraidhean eagalach. Dòmhnall bochd a chaidh
às an rathad an Aden agus Ruairidh Beag nach fhaca
mi o chionn iomadh bliadhna. Is fheàrr an saoghal

ionnsachadh na sheachnadh. Is fheàrr, a Mhurchaidh.

An rud a bha math, gun robh oiteag gaoithe ri
fhaotainn air an rathad a-mach chun an chateau agus
air an rathad air ais bhuaithe. Mar sin, on a bha an
tiogaid a' toirt cead dhomh am bàta a chleachdadh
fad an latha, cha mhòr nach e sin a rinn mi: a-null agus
a-nall a' gabhail na gaoithe. Bheir thu an t-eileanach
a mach às an eilean, mar a thuirt am fear eile, ach is e
rud eile a thoirt a-mach às an eathar. Ach innsidh mi
seo dhuibh: fhuair mi 'tan' air leth a' seòladh air ais 's
air adhart sa ghaoith: bha i fhèin gu math impressed
nuair a thill mi dhachaigh. *A Place in the Sun* an duirt
thu? Thill sinn an làrna mhàireach. Bha an làraidh làn
gu broinn. Bogsaichean fiodha is pàipeir is plastaig is
bloighean meatailt is eile, dìreach mar an òtrach air
taobh a-muigh Bhàgh a' Chaisteil. Harrods a th' aca
air, oir gheibh thu ulaidhean iongantach an sin. Thuirt
Seumas a' Ghobha rium gun d' fhuair e i-fòn ann o
chionn ghoirid, agus gu bheil e a-nis a' cur seachad an
latha agus a dh'oidhche a' coimhead fhilmichean. *The
Guns of Navarone* am film as fheàrr leis.

'Uill, Rodaidh,' thuirt mi ris, aon uair 's gun
robh sinn air an rathad tuath à Marseille, 'cuairt
shoirbheachail?'

'Cò aig tha fios?' ars esan. 'Chan eil mise ach
a' dèanamh m' obair. An seo air cùl cuibhle. Ulaidhean
a-null is ulaidhean a-nall. Hourly rate, a Mhurchaidh.
Deich notaichean ma tha mi a' dràibheadh tarsainn
cabhsair Bhatarsaigh agus deich notaichean ma tha mi
air an rathad mhòr à Marseille. Ma tha prothaid ann,
feumaidh tu sin fhaighinn a-mach on fheadhainn leis a
bheil an gnìomhachas.'

'Fearchar Beag?'

Rinn e gàire.

'Multinational, a Mhurchaidh. Multinational. Tha Fearchar dìreach na mhanaidsear.'

'Stèidhichte?'

'Nirribhidh. Dùthaich adhartach, a Mhurchaidh. Robh thu riamh ann?'

Cha robh. Is mi nach robh.

'Lochlannaich, huh?'

'Gaisgich,' arsa Rodaidh. 'Daoine còire, fialaidh. Daoine mionaideach. Faiceallach. Cùramach.'

'Uill, uill,' arsa mise. 'Tha iad air an dòighean atharrachadh ma-thà.'

Rinn e gàire.

'Bha iad a-riamh faiceallach is cùramach, a Mhurchaidh. Nach e sin a dh'fhàg iad nan uachdarain air an t-saoghal mhòr? Leòdaich is Clann Ìomhair Leòdhais. Na Lochlannaich dhubha.'

'Dùil a'm gur e an claidheamh agus an teine a bh' ann, a dhuine?'

'An aon rud, a Mhurchaidh. A' coimhead às an dèidh fhèin.'

'Agus an stuth seo?' dh'fhaighnich mi dha an ceann ùine. 'An stuth an cùl na làraidh. 'Eil pàipearan agad 'son gach pìos? Documentation.'

'Tha, charaid. Tha. Sìos chun na mìr mu dheireadh. Bidh customs a' toirt sùil orra agus a' cur tiog dhan h-uile bogsa. Nuair a tha iad air am bodraigeadh.'

Stob e a chorrag a-mach.

'Tha na pàipearan an sin san drathair ma tha thu ag iarraidh sùil a thoirt orra. Ged nach eil iad cho math rin leughadh agus a tha an *Gazette*. Sin agad a-nist pàipear.'

Bha fhios a'm gun robh e gam phiobrachadh. Ach thog mi an clobha.

'Air a dhol bhuaithe, Rodaidh. Dh'fhalbh am *Butt to Barra* fhèin aig a' cheann thall.'

'Ach thill e! Didseatach and all. Gheibh thu gach sanas is naidheachd mar anns na seann làithean, a Mhurchaidh. 'Crofter looking for wife. Has a 1954 Massey Ferguson. And an iphone 13.'

'Chan eil thu 'g ràdh?'

'Is fheàrr a bhith sàmhach na droch dhàn a ghabhail, Rodaidh. Ach chan eil e mar a bha. Chan eil. Ach dè tha?'

Thug mi na pàipearan aige a-mach às an drathair. Mu cheud duilleag. Bha mi a-riamh math air tomhais. Cha robh agam ach sùil a thoirt air rud agus bha a' mheudachd 's an leud 's an àireamh agam cha mhòr anns a' bhad. Nuair a chì mi duine tha fhios a'm sa bhad gur e size 10 a tha na bhrògan. 36 sa bhriogais. Thuirt an dotair rium gun robh sin o chionn 's gun robh mi diosleagsaic.

'Bidh thu faicinn rudan mar gum biodh iad 3-D,' ars esan.

Ge bith dè tha sin a' ciallachadh. Ma-thà, tha mi 'n dùil. An aon rud tha fhios a'm gun robh spelligeadh gu math duilich dhomh. Dè an diofar co-dhiù ged a sgrìobhainn gur ann air High Street agus nach ann air Balnafettack Road a thachair an gnothach. O, nam faiceadh an saoghal mòr noteboook Mhurchaidh! Mudro DacMonald sgrìobh mi turas nuair a dh'òrdaich mi pizza bho Dominos.

Thug mi sùil tro na pàipearan. Cha dèanainn bun no bàrr dhiubh chionn 's gun robh iad ann am Fraingis.

Liosta fhada de rudan, le dà bhogsa beag ri taobh gach rud, agus tiog anns a' chiad bhogsa.

'Tha sin a' ciallachadh gun do dh'fhàg a h-uile rud Marseille mar bu chòir. Cuiridh Don anns A' Chaisteal Nuadh – no co-dhiù sgalag air choreigin aige – tiog anns a' bhogsa eile ma ruigeas a h-uile rud gu slàn sàbhailte.'

'Is eil fhios agad dè a th' anns na bogsaichean an cùl na làraidh.'

'Tha. Sgudal. Seall fhèin air an liosta sin – *Étain*. Sin a' ciallachadh tiona. *Laiton*. Sin umha. Agus *papier-carton*, sin agad cardboard, a Mhurchaidh. Cairt-bhòrd. Cha do dh'ionnsadch mi tòrr nam bheatha, ach dh'ionnsaich mi sin.'

'An t-ionnsachadh òg an t-ionnsachadh bòidheach, Rodaidh. Is e gun teagamh.'

Chaidh sinn tro chustoms mar gun robh sinn a' dol air an aiseag eadar Malaig is Loch Baghasdail anns na seann làithean. Gun dragh. Fear mòr reamhar os cionn chùisean agus e a' sìoladh na meanbh-chuileig agus a' sluigeil a' chàmhail. Seòrsa de shaighdear-sitig, mar a chanadh Murdigan, a bh' anns na Lovat Scouts na latha. Am fear reamhar a' ceasnachadh a h-uile truaghan bochd aig an robh màileid bheag, agus a' leigeil le na bogsaichean mòra a dhol troimhe gun sealladh. Cus obair dha, tha mi cinnteach, agus ùidh gu math follaiseach aige faicinn dè bha ann am màileidean nam mnathan. Mar bu bhòidhche bha an tè le baga 's ann a b' fhaide bha e ga cumail, agus e a' rannsachadh a h-uile pìos de mhaise-gnùis mar gum b' e sub-atomic-particle a bh' ann a bhiodh aig cridhe boma. Agus cò aig tha fhios, anns an latha th' ann, nach robh e ceart, oir ionnsaichidh an damh fhèin a bhith faiceallach. Aig a' cheann thall, is dòcha nach eil nàmhaid beag ann.

Ach leig e mise is Rodaidh troimhe le smèid, aon uair 's gun do chuir e stampa dhearg air bogsa beag fiodh a stob e fon chunntair aige fhèin.

'Dà ghiomach is marag dhubh Charlie Barley agus botal mòr dhen Ghlenfiddich agus sin e,' thuirt Rodaidh. 'Tha e a' sàbhaladh ùine dhan dithis againn, an àite a bhith nar suidhe seo 'son uairean mòr a thìde.'

Chuimhnich mi gun robh mi nam pholasman. Retired.

'Nise, Rodaidh, tha fhios agad fhèin gu bheil ceannach mar sin an aghaidh an lagha.'

'Brìb?' ars esan.

'An dearbh nì.'

'Nam b' e sin a bh' ann. Ged nach e, ach tiodhlaic. Cò nach tug sliasaid na muice suas dhan taigh mhòr?'

An fhìrinn a bh' aige. B' e seo an t-àm, shaoil leam. Uaireannan glacaidh dànadas an fhìrinn.

'An do ghabh thu fhèin drugaichean a-riamh, Rodaidh?' dh'fhaighnich mi, gun dùil. Choimhead e orm le droch shùil. Nam b' e na seann làithean a bhiodh ann bhiodh an toradh air tighinn às a' bhainne agus an lùths air falbh às mo chorp.

''S mi a ghabh,' ars esan. 'Tì. Cofaidh. Leann. Uisge-beatha. Black Label nam mollachd.'

'Chan e sin, Rodaidh, ach an stuth eile.'

'An Gin grànda sin a tha h-uile duine ag òl na làithean-sa? An Sìneabhair mar a th' ac' air. B' fheàrr leam mùn na piseig òl.'

'Chan e.'

'Cannabis?'

MURDO ANN AM MARSEILLE

'Sin.'

Rinn e gàire.

'Aon turas. Spùt gun seagh.'

''S an stuth eile?'

'No way, Jose. Carson a ghabhadh. Am bàs.'

Bha sinn socair.

'Chunna' mi iad,' thuirt e an uair sin, an ceann ùine. 'Na truaghain sin nan laighe nan clodan air na sràidean.'

'Feadhainn nach eil,' arsa mise.

'Sa chladh?'

'Cuid, gun teagamh. Ach feadhainn eile a' dràibheadh sìos is suas nan rathaidean còmhla rinn, Rodaidh. Feadhainn sa Phàrlamaid. Feadhainn san riaghaltas fhèin. Ann an oifisean agus ann an sgoiltean. Air a' phoileas agus air an telebhisean. Tha am pùdar geal sin gu math meallta, a charaid. Cuid ga ghabhail gach dàrnacha uair mar an snaoisean fhèin. Chan aithnich thu cò ghabh snòtradh mur eil fhios agad.'

Cha robh mi cinnteach an cumainn a' dol. A dh'innse dha beagan dhe na b' aithne dhomh. Ach chuidich e fhèin mi.

'Is a bheil fhios agad?'

'O tha, Rodaidh. Tha.'

'Ciamar?'

''S e sgeul a bhith ag innse. Dìreach mar a tha iad. Dàn is air bhoil. A' leum mun cuairt aon mhionaid. A' bruidhinn gun sgur. Socair an uair sin. Agus fallas! Droch chomharra tha sin, Rodaidh.'

'Fallas? Nam faiceadh tu fom achlais a Mhurchaidh. Mar Loch an Dùin air latha geamhraidh. Stuaghan is cop.'

'Tha sin diofraichte, Rodaidh. Adhbhar agadsa bhith fallasach. A' tionndadh cuibhle mhòr mar sin fad na h-ùine.'

'Power-steering oirre Mhurchaidh ge-tà. Chan e sin, no cocaine, a tha gam fhàgail-sa fallasach ach mo dhaoine. Cnatan nan Caimbeulach – nach e sin a chanas iad? Mairidh e trì mìosan.'

Dh'inns mi dha. Bha e cheart cho math.

'Seo an rud, Rodaidh. Tha amharas oirnn.'

'Mum dheidhinn-sa?'

'Chan ann, a charaid. Ach mun luchd. An stuth a th' agad an cùl na làraidh.'

'Tha agus agam fhìn a Mhurchaidh. Ach dè an gnothaich a th' agamsa ris? Dè an diofar dhan each an e maighstir no meaban a th' air a dhruim?'

'Gu tric is e an aon duine th' ann.'

Dh'fhàg sinn e greis.

'Na daoine seo anns A' Chaisteal Nuadh, Rodaidh. Inns dhomh mun deidhinn. Cò iad?'

'Cò aig tha fios. Dìreach daoine àbhaisteach. Minimum wage. Balaich òga a' gluasad stuth air feadh an àite. Dè an obair eile a gheibh duine san latha a th' ann?'

'Tha thu cho ceart 's a ghabhas. Feumaidh tu na dh'fheumas tu dhèanamh 'son do bheòshlaint.'

'Fhad 's tha e taobh a-staigh an lagha?'

'Fhad 's tha e taobh a-staigh an lagha. Ged as cam 's as dìreach a thig an lagh.'

'Agus am fear a tha os cionn an ionaid?' thuirt mi an uair sin. 'Dè thuirt thu – Dan's Demolition Den? Cò esan?'

'Dan? Big Dan? Desperate Dan a rèir chuid. Nuair a

bhios mise thall, geàrr an drochaid. An seòrsa fear sin.'

'Bidh thu ga fhaicinn?'

'Ò, bithidh. Chan eil sgudal a' tighinn no falbh gun chead bho Big Dan. Duine gasta. Duine maol.'

'Maol bho èiginn no maol bhon fhasan?'

Rinn Rodaidh gàire.

'An dà chuid, a Mhurchaidh. Gleans mar bhonn a' chrogain silidh à mullach a chinn. Mar bhall-billiard, nach e sin a chanas iad?'

'Chan fheum thu bonaid mura bheil ceann ort, mar a chanadh Dan eile air an robh mi eòlach. Dan a' Chlibein a chanadh iad ris. Ùigeach. Bhiodh e a' dol timcheall na sgìre le deamhais.'

Chan eil fianais nas motha na an cleachdadh. Chan eil.

7

Dan's Demolition Den

CHOINNICH DAN FHÈIN rinn nuair a ràinig sinn an t-àite aige air taobh siar a' Chaisteil Nuaidh tràth sa mhadainn.

'Early to bed early to rise makes a man healthy, wealthy and wise,' ars esan. A cheann maol a' deàrrsadh agus fàileadh socair, cùbhraidh às, mar fhàileadh an fhraoich as t-fhoghar. Thèid agad gach nì a tha sin fhaighinn ann an canastair a-nise. Coinnlean le fàileadh na feamad is feadhainn eile le fàileadh na mònach. Na rudan a bha cho nàdarrach a-nise fuadain. Nach àraid nach biodh fear sam bith a' dòrtadh an stuth mhilis sin orra nuair a bha mi òg: dìreach fàileadh an tombaca no fàileadh an uisge-bheatha asta a rèir an latha no an oidhche. Ged a bhiodh mo mhàthair an-còmhnaidh le cnap meannt na h-aparan. Uaireannan bidh mi a' dùsgadh tron oidhche agus ga fhàileadh anns an èadhar.

Blas àraid aig Dan. Cha b' e Geordie a bh' ann, mar a bha na fir eile bha roimhe a' togail an stuth far na làraidh, ged a bha na h-abairtean sin aige gun teagamh.

'Why aye,' chanadh e nuair a dh'fhaighnicheadh fear dhe na balaich ceist dha, agus dh'fhalbhadh iad ga dhèanamh. Is e an còmhradh a nì an duine. 'S e gu dearbha. Ach bha rudeigin Gàidhealach mu dheidhinn cuideachd: an dòigh anns an robh e a' gluasad a làmhan. Bha e a' bruidhinn luath, agus a' coiseachd air feadh an àite gu sgiobalta, ach nuair a thogadh e rud no nuair a làimhsicheadh e gnothaich, bha e uamhasach faiceallach. Mar gum briseadh pìos iarainn gun dùil. Bhiodh m' athair a' làimhseachadh an tairsgeir san aon dòigh: eagal gum briseadh i, oir bha e cho doirbh tèile dhen aon chumadh fhaighinn aig an àm.

'Your pal?' thuirt e ri Rodaidh nuair a nochd sinn.

'Aye,' thuirt Rodaidh. 'Came along for the ride.'

'Suppose it gets a bit tedious up there where you stay, then?' ars esan.

Chòrd am facal a chleachd e rium. Tedious. Chan e 'boring'. Duine foghlamaichte ma-thà. Ged as fheàrr làn do dhùirn dhen mhin na làn do chinn de dh'fhoghlam. Is fheàrr, mar a tha deagh fhios agam. Chan eil dad nas fheàrr na deagh bhonnach còmhla ris an teatha. Aithnichidh tu an cat air a chrònan, mar a dh'aithnicheas tu a' bhò air a geum. Aithnichidh, a charaid. Seall fhèin air na Hearaich – ged a chuireadh tu iad gu Eton bhiodh iad fhathast a' togail an casan an-àird' agus a' dol 'ho-ho' aig ceann gach dàrnacha facal.

Tha a h-uile nì anns na sùilean. Na bh' ann agus na bhios. Na thachair agus na thig. Thuirt siopsaidh sin rium turas.

'Hud,' ars ise, 'an cleas ud mu bhith a' coimhead air làmhan dhaoine no leughadh nan duilleagan teatha. Chan eil an sin ach dibhearsain. Fhad 's a tha aire an duine air na duilleagan no air a làmhan, tha mise a' coimhead na shùilean far am faic thu gach nì. Gach fulangas is miann is dùrachd is eile. Chan eil iongnadh gun tèid agam air fàidheadaireachd a dhèanamh, às dèidh coimhead a-steach nan cridhe.'

'Is dè bhios tu fhèin ris?' dh'fhaighnich Dan dhomh fhad 's a bha sinn a' toirt nam bogsaichean gu lèir a-mach às an làraidh.

'Duine dhem aois-sa?' fhreagair mi. 'Air mo dhreuchd a leigeil dhìom agus a' gabhail fois. A' gabhail chùisean air mo shocair. Is caomh leam a bhith 'g iasgach.'

'Bradain?' ars esan. 'Tha margaid agam air an son ma thogras tu.'

'Bric mar as trice,' thuirt mi ris.

'À, uill,' ars esan, 'chan eil uimhir a dh'iarrtas orrasan a-bhos na taobhan seo. Daoine caran aineolach. Fhad 's a gheibh iad truinnsear tiops le sabhs tha iad toilichte gu leòr. Tiops le sabhs coiridh is mushy peas agus tha iad air an dòigh.'

Bha an làraidh gu bhith falamh.

'Margaid mhath agad 'son an stuth seo?' dh'fhaighnich mi dha.

'A' fàs agus a' fàs,' ars esan. 'H-uile duine ag iarraidh a dhol air ais ann an tìm. Ag iarraidh rudan 'vintage'. Mar as sine is ann as fheàrr. Agus tuigidh tu fhèin gu bheil stuth ath-nuadhachail na làithean seo cho ceart-poilitigeach.'

Cha mhòr nach do bhrath mi mi fhèin. 'CP seach PC, eh?' ach ged a rinn mi gàire beag rium fhìn cha do labhair mi a-mach e. Aodann stòlda, a Mhurchaidh. Aodann stòlda.

Chùm mo laochain air. A shùilean a' deàrrsadh.

'H-uile duine ag iarraidh an saoghal a tha iad a' milleadh a shàbhaladh. Is e an trioblaid a th' agamsa cumail suas ris an iarrtas. Tha cuid de rudan ann nach urrainn dhut a chur tron phost – tha iad ro mhòr. Feum agam daonnan air daoine bheir gnothaichean a-mach dhomh air feadh na rìoghachd. Chuidich Covid gu mòr. A h-uile duine ag iarraidh rud tighinn chun an dorais aca. Feum agam aig a' mhionaid seo fhèin air cuideigin shuas na taobhan agadsa, an ceann a tuath Alba. Inbhir Nis. Am baile sin a' fàs mar shròn Phinocchio.'

Abair sgoilear a bh' ann an Dan. Agus thàinig smuain thugam. O, tha fhios a'm gun dèan sibh gàire, mar gum b' e annas a bha sin, ged nach b' e. Oir bidh smuaintean a' tighinn gu Murdo a cheart cho tric 's a bhios iad a' tighinn gu duine sam bith eile. Chan eil agam ach am facal iasg a chluinntinn, mar eisimpleir, agus smaoinichidh mi air sgadan. Bha mo sheanmhair, Peigi Bheag, aig an sgadan agus tha dealbh agam a ghèarr mi a-mach às a' *Ghazette* os cionn an teine. I fhèin agus grunn chlann-nighean eile, agus iad a' coimhead cho toilichte ri nighean Rìgh na Grèige fhèin. Ach ged a bha, tha fhios a'm gun robh beatha air leth cruaidh aca. Chan eil sin a' ciallachadh nach dèanadh iad gàire. Chan eil a charaid. 'An gàire mar chraiteachan salainn', mar a thuirt am bàrd. Mar as cruaidhe a shèideas a' ghaoth is ann as aotroma a dh'fheumas tu na siùil a làimhseachadh. Is ann.

'Uill,' thuirt mi ris. 'Tha mi fhìn air a bhith a' smaoineachadh o chionn greis an seo air bhan fhaighinn agus stuthan a ghluasad o àite gu àite. On a tha i fhèin ag obair, chumadh e a' dol mi an àite a bhith nam shuidhe ri taobh an teine a' coimhead an telebhisein. *A Place in the Sun. Flog It. Homes Under the Hammer.* Oir chan eil a h-uile latha freagarrach 'son an iasgaich. Chan eil, a charaid. Bhan bheag, tuigidh tu. Cha dèanainn a' chùis air tè mhòr. Tha ainm agam cuideachd 'son na companaidh. Murdo's Removals. Dè do bheachd?'

'Cha b' urrainn na b' fheàrr,' ars esan. Am breugaire. Tha e cho furasta a' bhreug aithneachadh. An-còmhnaidh air a faiceall. Bidh beul an duine a tha ga h-innse a' fàs teann, na faclan a' tighinn a-mach air an sgoltadh, mar sgadan gun cheann. Mhothaich mi sin thairis nam bliadhnachan. Mhothaich. Balgairean Inbhir Nis anns a' chùirt agus a h-uile fear dhiubh air a shon fhèin. Mar a thuirt mo sheann chove, Sàirdseant Morrison, rium nuair bha mi nam chonstabal òg,

'A Mhurchaidh. Uair sam bith a bhios tu sa chùirt leis na bleigeardan sin, cuimhnich seo. Cluinn le do dhà chluais agus faic le do dhà shùil agus leig leothasan iad fhèin a shaoradh no dhìteadh. Croch mèirleach nuair a tha e òg, Constabal MacDonald, agus cha ghoid e càil nuair a bhios e sean.'

A' smaoineachadh air ais air a-nis, tha e mar gun robh plana agam. Rud nach robh. Cha robh a leithid a-riamh aig Murdo, oir an rud nach d' fhuair Niall, chan iarrar air e. Na toir fàilte dhan diabhal gus an coinnich thu ris. Nach e na h-Ìlich a bha glic a' togail eaglais chruinn far nach fhaigheadh e air falach anns na h-oiseanan. Saoil an e sin an t-adhbhar airson nam pods cruinn ud a tha iad a' cur an-àirde air feadh an àite? Ach dh'obraich e a-mach glè mhath, oir feumaidh gun robh beachd agam an cùl m' inntinn a leithid a dhèanamh co-dhiù: bhana bheag fhaighinn dhomh fhìn agus a dhol timcheall nan eileanan a chuideachadh dhaoine. Mar sheòrsa de Donaidh Dòtaman on Wheels. DDW.

Agus is ann aig Dia fhèin tha fios gu bheil feum air a leithid. Oir tha na seann choimhearsnachdan a-nise air falbh, agus gun mòran eòlais aig nàbaidh air nàbaidh. Chan eil e mar a bha nam òige, nuair nach biodh daoine a' gluasad idir, mura gluaiseadh iad a Chanada. Seall air an lot againn fhìn a fhuair mo shinn-shinn-sheanair Murchadh Beag o Mhatasan fhèin. Tha sin fhathast san teaghlach, oir bhiodh e na pheacadh a reic air a' mhargaid fhosgailte mar a chanas iad ris a' ghnothaich an-diugh. Chan e lotaichean no fearann a th' annta tuilleadh ach investment, thuirt mo chousin Torcuil rium. Tha esan ag obair dhan bhanca an Dùn Èideann agus a' fuireach ann am Bearaig a Tuath. Chluich mi goilf còmhla ris turas an sin, agus ged a chaill mi, chòrd e rium a bhith coiseachd na gainmhich agus gaoth bhlàth mur cuinnlein. Ghabh e glainne champagne às dèidh làimh. Is e na rudan beagan a bhrathas tu agus chan e na rudan mòra. Is e, a dhuine.

Ach tha daoine a' gluasad fad na h-ùine a-nis, agus is tric a shaoil leam ceart gu leòr, gum biodh e glè mhath a bhith gan cuideachadh a' gluasad ghnothaichean. O, chan ann le biast de làraidh mhòr ach le bhan bheag ghrinn, a' toirt cucair o Bhàgh a' Chaisteil suas dhan Bhàgh a Tuath, no sòfa is sèithrichean is àirneis mar sin air ais 's air adhart o eilean gu eilean. Murdo's Removals. Chòrd sin rium, ged nach robh e cho math 's a dh'iarrainn. Bhiodh m' athair air a nàrachadh nach robh e a' ruitheamachadh ceart. No ann an Gàidhlig. Murdo's Manoeuvres, smaoinich mi. Nah, chan obraicheadh sin: ro fhansaidh. Gluasadan Mhurchaidh? Mar gun robh mi a' dèanamh mo chuid anns an taigh-bheag. Mach à seo le Murchadh. Miùghalaidh gu Mùirneag. Move with Murdo, 's dòcha? No dìreach MWM. Aidh, dh'obraicheadh sin, oir bha sin cuideachd san fhasan, a' giorrachadh a h-uile rud, chionn 's nach robh ùine aige daoine an rud slàn a ràdh.

Nach tug sibh an aire cho leisg agus a tha daoine air fàs? Nuair bha mise beag bha ainmean mòra fada air a h-uile duine. Rim thaobh san sgoil bha Murchadh Iain MacAsgaill agus Dòmhnall Alasdair MacIlleMhoire agus Donnchadh Iain MacÌomhair agus air an taobh eile a' chlann-nighean, Mairead Anna NicGillÌosa agus Peigidh Margaret NicLeòid agus Caluminag Nic a' Ghobhainn agus Willina NicAoidh. Àraid nach robh aon Mhurdina sa chlas ged a bha ceithir dhiubh anns a' chlas os mo chionn. Ged nach b' e sin a bhiodh sinn a toirt orra ach Murdo John agus DA agus DI agus MA agus Pegs agus Inag agus Ina. Agus na far-ainmean, a charaid! Bha fear san sgoil – Norman Pàdraig Smith – a bhiodh an-còmhnaidh a' piocadh a' shròin, agus thug iad NP airesan. Nose-Picker. Agus am fear ud eile a bhiodh a' peantadh thaighean. Seoc Mac a' Ghobhainn, duine uamhasach luideach. Thug iad Jack the Dripper air.

'Tha mi an dùil bhan a cheannach,' thuirt mi ri Rodaidh aon uair 's gun do dh'fhàg sinn An Caisteal Nuadh.

'Ò?' ars esan.

'Aidh.'

'Bhan bheag?'

'Meadhanach.'

'Inbhir Nis,' thuirt e. 'Sin far am faigh thu am bargan as fheàrr. Second cousin dhomh. MacNeil's Motors aig an Longman.'

Agus abair gun robh taghadh aig Niall. Neilly MacNeil. Duine beag dòigheil. Bhiodh e air a bhith na mharaiche sna seann làithean. An yard aige làn de charbaidean. Mar a thuirt am fear eile, gheibhinn fear sam bith fhad 's a bha e geal. Ford Transit. Peugeot Boxer. Vauxhall Vivaro. Citroen Relay. Volkswagen Crafter. Renault Trafic. Toyota HiAce. Iveco Daily. Fiat Doblo. Nissan NV300. Mitsibushi Canter. Mercedes Sprinter. Bha i sin brèagha. Àraid mar a bha dà ainm air gach carbad mar gum b' e Gàidheil a bh' annta. Is dòcha gu feum thu dà ainm 'son deagh einnsean a bhith unnad. Seall fhèin air na sàr phìobairean a bh' againn, a shèideadh an Loch Seaforth a-null a dh'Ulapul le anail no dhà. Dòmhnall Beag is Iain Murchadh is an tè bhrèagha ud eile à Uibhist, Ròna Bhàn.

Is caomh leam a' phìobaireachd, ged nach robh e a-riamh san teaghlach. Chan eil mi cho dèidheil air a' cheòl mhòr, ceart gu leòr, ach is fìor chaomh leam na caismeachdan. Chan eil aon diofar dhomh an e 2/4 no 6/8 fhad 's a tha a' bhuille ceart agus cinnteach agus cothromach. 'Major Manson aig Clachantrushal' am fear as fheàrr leam. Deagh swing aige, mar bu chòir seach na puirt fhada dhòrainneach ud eile. Ged nach eil na ruidhlichean càil nas fheàrr agus na daoine òga sin gan cluiche fada ro luath mar gum b' e rèis a th' ann an ceòl. Dè a' chabhaig a th' oirre co-dhiù? Tha mi creids' gur ann nad ruith a bhiodh tu gun teagamh nam faigheadh tu thu fhèin aig Clach an Truiseil air oidhche dhorcha gheamhraidh. Tha e mar tìm fhèin. Chan eil ruith air falbh bhuaithe, ge-tà. Gabh gnothaichean air do shocair, a Mhurchaidh. Chan ann do na daoine luatha a tha an rèis.

Is caomh leam rudan rèidh. Dìreach mar a bhiodh Mac Gille na Brataich a' seinn 'Beinn Dòbhrain'. Sin agad a-nise òran.

Munadh fada rèidh,
Cuilidh 'm faighte fèidh,
Soilleireachd an t-slèibh,
Bha mi sònrachadh;
Doireachan nan geug,

agus gun 'hi-hò-rò' sam bith na lùib. Chòrd na Mòdan rium, oir bhiodh iad daonnan a' sireadh oifigearan aig an robh Gàidhlig 'son smachd a chumail air cùisean. Mi fhìn is Norrie is Pluto aig Mòd a' Ghearastain, a bhròinein. The blind leading the blind, mar a thuirt am fear eile. Times mhath.

Co-dhiù, nochd Neilly an ceann ùine.

'Dè do beachd?' ars esan.

Bha mo shùil air a' Mhercedes. Mercedes Sprinter. £1,000.

'Gheibh thu air òran e,' ars esan.

''S mòr a' phrìs sin, a charaid, le mo ghuth-sa!'

'£800 dhutsa,' ars esan. 'Eileanach gu eileanach.'

'Le soidhne?' arsa mise, gu dàn.

'Deal,' thuirt e. 'Nì Mìcheal an-ath-dhoras an soidhne dhut.'

Agus is e a rinn, ann an sgrìobhadh dubh is gorm.

Gorm air an M, dubh air an W, agus gorm air an M. Agus cho brèagha 's a rinn e a' chùis, a' ceangal nan litrichean còmhla mar gum b' e stuaghan beaga a bh' annta a' tighinn a-steach air an Tràigh Mhòr. MwM.

'Coimhead nas fheàrr mar sin,' ars esan. An cuideam air an dà M. Murdo William MacDonald. Is beag a dh'fhios a bh' aige gun robh e a' seasamh airson Move with Murdo, ach dè an diofar. Dìomhaireachd bheag shnog a bh' ann a chumadh daoine air am faiceall.

'Dè an seòrsa bhan a tha sin aig an t-seann Chonstabal?' dh'fhaighnicheadh iad do chàch a chèile.

'Och, dè ach dìreach ablach de rud a fhuair e air tìr-mòr. Seann bhan a bhiodh aig cuideigin eile. Nach b' àbhaist Aimeireaganach àraid a bhith a' tighinn timcheall a chàradh nan tractairean agus bhan mar sin aige le Motor Wagon Maintenance sgrìobht oirre?'

Ma-thà, tha mi 'n dùil, mar a thuirt am bàrd eile.

8

Dihaoine

CHUIR E BEAGAN de dh'iongnadh air daoine ceart gu leòr nuair a thill mi dhachaigh leis a' bhan. Ach bha e mar gach iongnadh eile, seachad ann an oidhche. A' bhriogais a tha ùr an-diugh, na raga a-màireach.

Dh'fhòn e fhèin. Tormod.

'Seadh, a dhuine. 'S ciamar a bha do chuairt?'

Mar nach robh fhios aige. Ma thill mi, cha robh mi nam chlod ann an slochd ann am Marseille. Feumaidh duine bhith air fhaiceall air am fòn. Ge bith de chanas tu na can càil mar a thuirt am fear eile.

'Chòrd Inbhir Nis rium,' thuirt mi ris. 'Ged a tha cùisean air atharrachadh gu mòr on a bha mise air patrol an sin mu dheireadh. Dh'fhalbh an Cummings, a charaid. Dh'fhalbh.'

'Dh'fhalbh,' ars esan. 'Agus iomadach rud eile. An cual' thu gun do shiubhail Tòmas? Tòmas Seantair mar a bh' againn air. À Ceann a' Ghiùthsaich.'

'Tòmas bochd,' thuirt mi.

'Forecast math ann,' ars esan. ''Son Dihaoine.'

''Eil thu dol a-mach?'

'Dol a dh'fheuchainn,' ars esan.

'A' chuileag?'

'Dè eile, dhuine? Dè eile.'

Feumaidh duine a bhith air fhaiceall. Chan eil fhios agad cò a bhios ag èisteachd aig àm sam bith. Dona gu leòr sna seann làithean nuair a dh'fheumadh tu dhol tron exchange agus fhios aig Flòrag Bheag air a h-uile nì mus robh fhios agad fhèin, 's i ri farchluais air a h-uile còmhradh, beag is mòr. Agus an rud nach robh mòr dh'fhàsadh e.

Ach dhèilig sinn ris a sin sa Pholice. O dhèilig, a dhuine. An short-wave radio. Mi fhìn agus Sàirdseant MacLeod os cionn ghnothaichean. Seonaidh Beag MacLeòid à Sgalpaigh. Chan fheumadh tu rèidio no eile 'son Seonaidh còir a chluinntinn agus guth cho sgairteil aige gun cluinneadh tu e a' seinn nan salm ged a bhiodh tu nad shuain chadail. Rinn sinn cùrsa dà latha ann an Glaschu agus chan fheumadh tu bhith nad Einstein no Uilleam a' Ghreusaiche 'son an teicneòlas obrachadh a-mach. Aerial air gach inneal agus dà phutan: Send air aon fhear, agus Receive air an fhear eile. Agus nuair a bha thu airson fios a chur ann an dìomhaireachd phutadh tu Send, agus nuair thigeadh fios ann an dìomhaireachd thugainne bhruthadh sinn Receive.

Ach an-diugh, a charaid? Fòn-làimhe aig gach duine agus am fiosrachadh a' falbh 's a' tighinn ann am priobadh na sùla. Gun duine a' gabhail dragh mu dheidhinn tèarainteachd. Chan e Flòrag Bheag bhochd a tha ag èisteachd na làithean seo ach mìle Flòrag Fhuadain a' clàradh gach gnothaich a chanas tu agus gach nì a chì thu air coimpiutair an àiteigin, WhatsApp

ann no às! Chan urrainn dhut do dhileag a dhèanamh
san latha th' ann gun fhios aig an t-saoghal mhòr mu
dheidhinn. Ach seo an rud, a chàirdean, cha leig thu
leas poilis no detectives 'son sin fhaighinn a-mach, oir
tha sinn fhìn ga dhèanamh dhaibh, a' sgaoileadh gach
rud a nì sinn air Instagram is gnothaichean mar sin.

Chan e gu bheil a leithid agamsa. No way, Jose. Ach
chuala mi mu dheidhinn, agus leugh mi mu dheidhinn,
agus sheall Àrd-Inspeactar Moireasdan, Tormod Mòr,
dhomh mar a tha e ag obrachadh.

'Seall,' ars esan rium, aon latha, agus sheall mi. Agus
cò bha sin ach boireannach leth-luirmeachd anns an
uisge.

'Ceannard na Comhairle,' ars esan. 'Air na làithean-
saora aice ann an Tenerife. Agus tha nas miosa na sin
ann, a Mhurchaidh. Tha, bhròinein. Is iomadh rud a
chì am fear a bhios fada beò. Is iomadh rud sin.'

Le sin, chan eil agamsa ach fòn an taighe, agus tha
sin fhèin agam ann am preas.

Ach thuig mi glè mhath dè bha an t-Ard-Inspeactar
ag iarraidh. Suas gu Loch an Dùin Dihaoine leis an
t-slat. Anmoch gu loch, moch gu abhainn agus mu
mheadhan-latha na h-uillt. Sin an dòigh. Agus geallaidh
mi mo bheatha dhut air driamlaich nan trì chuileagan.
Feumaidh an Zulu a bhith air co-dhiù, ach saoilidh mi
fhìn nach eil nas fheàrr na am Pennell Dubh, ged a tha
an Invicta Airgeadach i fhèin glè mhath ma tha an latha
ciùin. Chan ann tric a thachras sin ge-tà.

Ach Tormod! Amadan, a' nochdadh an-còmhnaidh
le boiteagan mar gun robh e fhathast na ghille beag
aig cidhe an Tairbeirt. Chan eil e na iongnadh gum
biodh e a' dol dhachaigh le cudaig no dhà agus mise leis

a' bhreac bhrèagha bhòidheach. Is e bha math sa phrais ann an ìm, ged a bhios sinn a-nise ga chòcaireachd ann an ola-chroinn-ola organach Grèigeach, le gàrlaic is dìnnsear. A dh'aindeoin sin, blasaidh tu na cudaigean fhathast, taing dhan Chruthaidhear. Tiugh no tana, tha an lite math fuar no teth, chanadh mo sheanair. Ged a b' fheàrr leis i teth is tiugh, le spàin mhòr shiùcair. Coltach ris a' ghrèibhidh aig Alasdair Dùghlas a bha cho tiugh ris an teàrr. "Eil thu ag iarraidh slaoidhs dhen ghrèibhidh seo?' dh'fhaighnicheadh e dhut aig diathad na Sàbaind.

Cha robh Murchadh a-riamh leisg. Cha robh. Feumaidh mi sin a ràdh mum dheidhinn fhìn, oir mura can mis' e, cha chan duin' eil e. Aon uair agus gun tig glasadh na maidne, sin mise air mo chois, samhradh is geamhradh. Dè an diofar an e ceithir uairean no ochd uairean a th' ann. Mura toir thu feum às an latha, bheir an latha beum asadsa. Sin an suaicheantas agamsa. Cha d' rug fear na caithris a-riamh air fear na mocheirigh. Cha d' rug.

An Dihaoine ud thàinig glasadh na maidne aig sia uairean. Cloc mo sheanar agam, a bhios a' bualadh an uair sin. Bidh mi ga chur dheth eadar deich uairean feasgar agus sia sa mhadainn, oir feumaidh duine fois cuideachd. Ach bho shia air adhart bidh e a' glag gach uair air an uair: sia buillean aig sia, seachd aig seachd, agus mar sin air adhart. Is caomh leam bualadh a' mheadhan-latha, oir bidh mi a' feuchainn an cunntadh, agus uaireannan a' dol air chall. Bidh e a' toirt cofhurtachd dhomh ga chluinntinn, oir tha am bualadh cho soilleir agus cho sòlamaichte agus cho cinnteach, seach am bìogail agus an ceilearadh grod ud a bhios aig na h-alarams a bhios a h-uile duine a' cleachdadh na làithean seo.

Bha mi air an lite a bhogadh roimhe sa phoit tron oidhche, agus is mi a bha air mo dhòigh nam shuidhe air creig aig Loch an Dùin aig seachd, agus a' ghrian fhèin a-nise cuideachd na làn dùisg. Cha nochdadh esan – Tormod Mòr – gu mu dheich. An leisgeadair esan. Nuair a bhiodh sinn air an t-sioft-thràth còmhla an Inbhir Nis, nochdadh e ceart gu leòr nuair a bu chòir dha, aig ochd, ach a' meuranaich 's ag ochanaich mar chailleach an dùdain nuair nach biodh i a' dannsa. Muga mòr de chofaidh aige an uair sin – Nescafé nam mollachd, trì no ceithir a spàinean dheth – agus nuair a dheigheadh sinn a-mach air patrol dh'fheumainn-sa an-còmhnaidh dràibheadh oir bha sin a' toirt cothrom dhàsan norrag bheag a ghabhail.

'Gabhaidh sinn spin a-mach a Dhruim na Drochaid,' chanadh e, 'feuch 's dè an eucoir mhòr a bha dol sa mhetropolis sin tron oidhche,' agus fhad 's a bha mise nam amadan an sin shìos taobh Loch Nis, bha esan na laighe san t-seata-toisich le srann an uilebheist. Cofaidh is dà roile le hama is marag dhubh is dà ugh dha an uair sin a-muigh ann an Cafaidh an Uilebheist agus tanca mòr eile dhen chofaidh, agus mu dheich uairean 's ann a shaoileadh tu gur e duine ùr a bha còmhla riut, is e air ath-nuadhachadh.

Cha robh mi air càil a ghlacadh nuair a nochd e, mar a bu dual, aig deich. Bha a' ghrian ro shoilleir.

'Tha thu ann,' ars esan. 'Is moch a dh'èireas am fear nach laigh.'

Bha flasg aige.

'Cofaidh?'

'B' fheàrr leam dileag na piseig, a dhuine. Tha an teatha agam an seo.'

Agus 's e a bha math. Is caomh leatha fhèin an Earl Grey, ach 's fheàrr leamsa fhathast na Sun Ray Tips. Chan fhaigh thu e a-nis sa bhùth, ach bidh mi ceannach pacaid sam bith a chì mi uair sam bith air ebay. An ùine bhios mi a' cosg ga rannsachadh! Tha e cosg fortan beag dhomh cuideachd – pacaidean a-nise a' dol 'son £20, ach 's fhiach am blas gach sgillinn ruadh. Fhuair mi am pacaid mu dheireadh à Sri Lanka.

'Uill?' ars esan, às dèidh na teatha. ''Eil beachd agad?'

'Ged a bhiodh beachd agam,' arsa mise, 'dè an diofar a dhèanadh sin? Cha d' fhuaireadh an donas a-riamh marbh air cùl gàrraidh.'

'Cha d' fhuair, a Mhurchaidh. Feumar coinneachadh ris. Uair no uaireigin. Ge bith dè an cruth. 'S ciamar tha a' bhan?'

'Cho math 's a ghabhas.'

'Obair shaor-thoileach. Sin a' chiad cheum, a Mhurchaidh. Inns' do dhaoine gu bheil thu ro dheònach an cuideachadh rudan a ghiùlan an siud 's an seo. Daoine an-còmhnaidh ag iarraidh sèithear no seann frids is treallaich eile thoirt dhan dump. Daoine an-còmhnaidh ag iarraidh rudan fhaighinn dhachaigh o thìr-mòr. Mo nàbaidh fhìn – Alasdair Mòr – le còig baidhsagalan aige san t-seada agus an teaghlach a-nise air fàs suas. Smaoinich fhèin cho feumail agus a bhiodh iad sin nan toireadh tu iad a-mach a dh'Inbhir Nis dhan àite sin shìos ann am Merkinch far am bi iad gan ùrachadh…

Aon uair 's gun tòisich Tormod a' mìneachadh

gnothaich chan eil stad air. E a' smaoineachadh gu bheil a h-uile duine eile cho aineolach ris fhèin agus gu feum iad tuigsinn nach e a-mhàin gu bheil trì air a chur ri trì a' dèanamh sia, ach gu bheil aon air a chur ri còig, agus a dhà air a chur ri ceithir cuideachd a' dèanamh sia. Tha e mar fhear a bhios a' bualadh tarrag a-steach dhan bhòrd cho cruaidh 's gum bris e am bòrd fhèin na spealgan mu dheireadh thall.

Co-dhiù, rinn e a dhleastanas. Thug e dhomh cèiseag anns an robh ochd ceud not 'son a' bhan a cheannaich mi, agus cairt-creideis na chois 'son cosgaisean sam bith eile a thogainn air an rathad. 'Is airidh an t-obraiche air a thuarastal.' Agus ghabh sinn ris an iasgach. Gu fortanach, thàinig sgòthan agus ri linn sin bha am breac pailt gu leòr. Mise san dubhar air taobh siar an locha, agus Tormod Mòr na sheasamh air creig an ear. A' ghaoth rim chùl agus a' ghrian rim aghaidh. Mar sin, chluinneadh esan gach facal a dh'èighinn-sa, ach cha dèanainn-sa a-mach ach an corra fhacal a ghlaodhadh esan. Rangers an-drasta 's a-rithist. Is Harold Davis agus rudeigin mu dheidhinn Coire Bhreacain. Is dòcha an seann rann ud eile a bhiodh mo sheanmhair a' maoidheadh orm an-dràsta 's a-rithist, agus i a' càradh truinnsear mòr eile air mo bheulaibh, 'Mura stiùir thu coire-bhrochain, cha stiùir thu coire-bhreacain.'

Roinn sinn na fhuair sinn aig deireadh an latha, agus cha bu bheag sin. Dheigheadh cuid dheth gu cailleachan a' bhaile, ceart gu leòr, ach an turas mu dheireadh a thadhail mi air Tormod bha ceithir reothadairean aige làn a-muigh san t-seada.

'Bheir mi reothadair second-hand eile dhut air ais

à Inbhir Nis,' thuirt mi ris nuair a dhealaich sinn. 'Oir cuimhnich gu bheil an t-sitheann fhathast romhainn cuideachd.'

'Cùl gaoithe is aghaidh grèine dhut,' dh'èigh e air ais. Am balgair esan.

9

Leòdhas mo ghràidh

BHA BIG DAN air cairt a thoirt dhomh. 'Big Dan's Demolition Depot' sgriobht' air. 'Deals with everything from a needle to an anchor' sgrìobhte fodha, agus àireamh-fòn, agus post-dealain. Cha d' fhuair am madadh-ruadh a-riamh teachdaire na b' fheàrr na e fhèin. Cha d' fhuair.

Tha e mar iasgach a' bhradain. Feumaidh tu an latha a thomhais. Socair agus le beagan gaoithe, ged nach eil cron sam bith ann i bhith a' sileadh. Agus tha an t-àm cudromach. Feumaidh fear nan cuaran èirigh uair ro fhear nam bròg.

Fear maidne a bh' ann an Dan, mar mi fhìn.

'Trobhad,' thuirt mi ris nuair a dh'fhòn mi, 'cuimhn' agad mar a thuirt thu gum biodh feum agad air cuideigin timcheall na Gàidhealtachd 'son stuth a ghluasad an siud 's an seo. Uill, tha mi air carbad beag snog fhaighinn dhomh fhìn, agus ma tha feum agad air duine uair sam bith leig fios thugam.'

''S mi a nì,' ars esan.

Oir feumaidh duine a bhith air fhaiceall. Feumaidh.

Chan eil duine cho faiceallach ris an donas. Chan ann a' leum a-steach air gnothaich a bhios esan ach ag èaladh. A' crùbadh mar nathair. A' deàrrsadh an sin air do bheulaibh ann an deise ghleansach nuair a thogras e. Nach e sin a bhithinn fhìn a' dèanamh nam latha? Fear nam putanan buidhe a' cumail an lagha. Dh'fheumainn a bhith a cheart cho faiceallach. Gleusta mar an sionnach. Oir cha thuig am breugaire ach am breugaire eile.

Bha Seonag Bheag a' fuireach am Bruairnis. Fhuair i grèim orm taobh muigh a' Cho-op.

'A Mhurchaidh,' ars ise, 'tha mi cluinntinn g' eil bhan agad. Cuimhn' agad air Oighrig? An nighean agam.'

'Is ann agam a tha, a Sheonag,' arsa mise. 'Nach i a chuidich mi aig an toiseach le club na h-òigridh. Nighean ghasta. Tha i gu math?'

'Gu dòigheil. Ged a tha i a' fuireach shuas an Steòrnabhagh! Ach feumaidh sinn uile rudeigin fhulang. Tha i ag iarraidh am bobhstair math agus rud no dhà eile a dh'fhàg i fhaighinn suas. An rachadh agad air sin a dhèanamh, a Mhurchaidh? Bhiodh earbsa agam unnad. Fhios agad mar tha feadhainn dhe na daoine sin – bheir thu dhaibh parsail 'son a dhol dhan bhùth, agus chan fhaic' duine tuilleadh e! Chan ann mar sin a tha thusa, a Mhurchaidh. Tha fhios aig a h-uile duine air a sin. Duine dìreach earbsach. Duine ceart.'

Cha robh stad air Seonag nuair a thòisicheadh i gad mholadh. No gad chàineadh.

'Leisgeul sam bith 'son a dhol a thìr nan gaisgeach, tìr nan iasgair is nan sàr. Togaidh mi an stuth a-nochd fhèin.'

Agus suas leam tro na h-Uibhistean, mar a chanas iad anns an latha th' ann, ged nach cuala mise riamh a leithid. O ghràidh ort, mar nach robh diofar eadar na Kerrs Pinks agus na Golden Wonders. O, tha fhios a'm, a charaid, gur e buntàta a th' ann am buntàta, ach chan ionann na dhà idir idir. Na Kerrs cho tioram is bristeach agus na Golden Wonders nas mìlse agus nas buige. 'You like potato and I like potahto', mar a thuirt Ella Fitzgerald. Tha dà Uibhist ann, dìreach mar a tha na Kerrs agus na Golden Wonders ann. Agus, tha mi creidsinn gu bheil a dhà no thrì Leòdhasan ann cuideachd, ma-thà, tha mi 'n dùil. 'Àite mo ghaoil, Càrlabhagh'. 'Is e Siabost as bòidhche leam'. 'Heaven can't be far away from lovely Stornoway'.

Bha e math a bhith air ais an Leòdhas ged a bha e mar an còrr dhen t-saoghal, air atharrachadh gu tur. Dh'fhàg mi an leabaidh agus am preas agus dha na thrì rudan eile aig Oighrig shuas faisg air Sràid na h-Eaglais, agus ghabh mi cuairt tarsainn na mòintich gun Taobh Siar. An riasg donn mar a bha e a-riamh, a' sìneadh a-null dhan t-sìorraidheachd. Na crainn-ghaoithe a' dol timcheall air an socair mar nach robh cabhaig ann. Rud nach eil ged as tric a chuala sinn nar h-èirigh an-àirde nach robh an latha-màireach air a ghealltainn. Na caoraich, mar a bha iad a-riamh, a' cagnadh an fhraoich. Àraid nach fhàs iad sgìth dheth, a' criomadh an fheòir gach mionaid a tha iad nan dùisg, is ga ath-chagnadh gach mionaid a tha iad nan cadal. Caran coltach rium fhìn.

Ràinig mi Port Nis agus air ais gun aon duine fhaicinn air an robh mi eòlach. Ciamar a bhiodh, agus 'cian nan cian bhon dh'fhàg mi Leòdhas', mar a thuirt am fear eile. Bha mi fiù 's a' crònan, 'faili faili faili òro'. Dh'ith agus dh'fhuirich mi san Royal, for old times sakes, ged nach robh aon dhe na h-old timers ann. Cafaidh-bàr a th' ann a-nise, agus is e a tha math agus spaideil. Vol-au-vents air a' mhenu an àite ceann-cropaig. Ma-thà, tha mi 'n dùil. Agus leabaidh mhòr dhùbailte shuas an staidhre an àite nan leapannan beaga singilte iarainn a bhiodh sinn a' faighinn sa Chounty uair dhe robh saoghal nuair a dh'fheumadh sinn a dhol gu co-labhairt sa bhaile. 'The Policeman's Duty to the Community' am fear mu dheireadh aig an robh mi. An-còmhnaidh dleastanas a' pholasmain, gun ghuth a-riamh air dleastanas nan coimhearsnachdan fhèin. Chan eil an lagh ach cho math ri na daoine. Chan eil. Far a bheil aon mhèirleach tha mìle.

Ghabh mi cuairt a-mach dhan Ghearra Chruaidh. Iongnadh gu bheil an caisteal agus an còrr fhathast nan seasamh leis mar a tha daoine san latha a th' ann cho mothachail air na dòighean cearrach a fhuair uaislean mar Sir Seumas is a leithid an cuid airgid. Bodach an opium, agus an còrr dhe na bodaich nan tràillean. Tha mi cinnteach gu bheil e nas fhasa càineadh a dhèanamh air peacaidhean nan daoine a dh'fhalbh na dol-a-mach nan daoine a th' ann. Na h-uachdarain ùra le an caistealan fhèin air feadh an t-saoghail. Chan e gur e sin obair a' pholasmain, retired ann no às. Bidh mi fhìn cuideachd a' ceannach air Amazon. Feumaidh mi sgur dheth, oir tha iad a' creach an t-saoghail. Agus mise a' creach còmhla riutha a h-uile turas a cheannaicheas mi bhuapa seach gu h-ionadail. Chan e neoichiontas a bhith dol seachad air taobh eile an rathaid fhad 's tha am fear eile am measg luchd-reubainn. Mo chreach,

is ann a chuir iad sìos sgioba againn a cheann a tuath
Shasainn 'son greis tràth anns na 80an a dhìon na
rìoghachd bho na mèinnearan, ged nach robh duine
againn ag iarraidh a dhèanamh. Bha sinn fo bhòid ge
bith dè ar beachd. Bha fhios againn uile co-dhiù nach
robh an lagh a-riamh mu dheidhinn ceartas ach mu
chumhachd. Ach mar a thuirt am fear eile, 'ours is not
to reason why...'

Agus cò a choinnich rium agus e a-muigh air chuairt
anns na gàrraidhean ach Alasdair Siosalach. Duine
gruamach às a' Mhanachainn a bha air a' phoileas
còmhla rium sna seann làithean. Nan cuireadh e fàilte
ort, bha e mar gun robh e a' pàigheadh cìs. Fìdhlear
math ge-tà. Ach a chaidh iompachadh agus e a-nise
beò air mathanas. Cha do loisg e an fhidheall, ach chuir
e air falbh i. Falmadair ùr air an stiùir, thuirt e rium.

'Alasdair,' arsa mise, ''S tu fhèin a th' ann.'

'Is mi, a Mhurchaidh, is mi fhìn a th' ann. Agus 's tu
fhèin a th' ann fhathast?'

'Is mi. Is mì a th' ann fhathast. Dè do chor, a dhuine?'

'Deagh chor. Air chluainidh a-bhos an seo. A' bhean
às a' bhaile. Àite leabaidh is bracaist againn.'

'Uill, uill,' arsa mise, agus choisich sinn timcheall an
àite a-null gu Cnoc na Croich.

'Gnothaich garbh a bh' anns an opium,' thuirt e.

'A cheart cho dona, agus nas miosa, na làithean seo
fhèin, Alasdair.'

'Tha fhios gu bheil. Co-dhiù, dè tha gad fhàgail
a-bhos na taobhan seo?'

'Old times' sake, a charaid. Old times' sake. Chan
eil e mar a bha.'

'Chan eil nì sam bith. An galar an seo cuideachd.
Agus chan ann mun Chovid a tha mi bruidhinn.'

'Aidh?'

'Aidh. Tha sinn a' dèanamh ar dìchill. Gnothaichean
eile a chur fan comhair. Cur-seachadan eile. Ach chan
eil e furasta. Aon uair agus gu bheil an sruth a' ruith,
tha e doirbh stad a chur air.'

'Thèid agad air an sruth a stiùireadh an taobh
seo no an taobh ud eile ge-tà. Cuimhn' agad a bhith
a' dèanamh dams nad ghille beag?'

Rinn e gàire.

'Sin an rud, Alasdair. Thèid againn air rudan
atharrachadh le beagan obrach; spaid an siud agus
clach an seo agus cnap fiodh an àiteigin eile, agus
tha an sruth a' ruith air falbh on bhuntàta no bhon
taigh. Am fàd a bhuaineas mise, cha bhi aig duin' eile
ri dhèanamh. Cha bhi, a charaid. Chan eil sinn gun
chumhachd. Fhad 's a tha spaid nad làimh chan eil thu
gun chomas.'

Sheas e, agus choimhead e orm.

'Uill, uill,' ars esan. 'Cò shaoileadh e? Mise a
th' air mo theàrnadh, agus sin thusa, mar a tha thu,
a' toirt an t-soisgeil dhòmhsa. Uill, uill,' agus dh'fhalbh
e sìos an cnoc seachad air a' chuimhneachan bhrèagha
'son Sir Seumas agus an Leadaidh, far an robh na
h-eathraichean beaga dathach ag iomradh a-mach null
gu tuath.

10

Yòga

CHAIDH DHAN GHNÌOMHACHAS agam – mas e sin a chanas tu ris – glè mhath. Cha robh latha nach robh cuideigin ag iarraidh rudeigin a ghluasad a dh'àiteigin: Doileag Bheag ag iarraidh sòfa a bh' aig a bràthair thall san Ìochdar; Nigel a' faighneachd an toirinn baidhsagal a bha e a' reic suas a Loch nam Madadh far an togadh an nighean aige, Raonaid, e 'son a thoirt a-null leatha dhan Eilean Sgitheanach; agus Hans Gunnerson ag iarraidh orm cuid dhe na dealbhan aige, a bha ro mhòr 'son a' chàir aige fhèin, a thoirt suas gu Taigh Chearsabhagh, far an robh e a' dol gan taisbeanadh 'son an t-samhraidh.

Bha e mar nach robh Oifis a' Phuist math gu leòr tuilleadh do dhuine sam bith. Bha iad ag iarraidh frithealadh pearsanta mar gum biodh, gun dragh a dhol gu Oifis Puist 'son stampaichean no càil. Bha e na b' fhasa dhaibh uile nan tiginn-sa chun an dorais aca a thogail nan ultaichean, agus, druim goirt aig an toiseach ann no às, bha mi deiseil is deònach sin a dhèanamh. Hud, chan eil càil san t-saoghal nach

fhaigh thu san latha th' ann le cliog air a' phutan.
Agus chan e dìreach treallaich sam bith, ach dìreach
an rud ceart, mionaideach. Tha App ann agus mas e
lèine Extra Small no XXL a tha thu ag iarraidh, chan eil
agad ach do dhealbh a chur a steach agus siud an lèine
air do bhodhaig, agus ma tha i coimhead teann mun
amhaich dìreach slaod an luchag agus postaidh iad
a' mheudachd cheart dhut san spot. Rud 'exactly ceart'
mar a chanadh Murdigan Beag, seach 'exactly ceàrr',
mar a chanadh e nuair a bheireadh iad dha tè bheag a
bha ro bheag seach tè bheag a bha ro mhòr.

Ach innsidh mi an dìomhaireachd mhòr dhuibh,
a chàirdean. Yòga! Ha! Cuiridh mi geall nach robh
dùil aig duine sam bith agaibh gum biodh Constabal
Murdo, mar a bh' ann latha dhe shaoghal – Murdo
Mhurchaidh 'ic Mhurchaidh Bhig 'ic Alasdair 'ic Iain
'ic Mhurchaidh Bhig, present and correct, Sir! – gum
biodh esan na laighe air a dhruim-dìreach air bratach
air an làr a' chiad rud gach madainn agus an rud mu
dheireadh air an oidhche, ga shìneadh agus ga lùbadh
fhèin ann an cumaidhean casta nach fhac' iad a-riamh
air mòinteach Bharabhais no am beanntan Ùige fiù 's
ged a chunnaic iad Mac an t-Srònaich fhèin na latha.

Theagaisg i fhèin yòga dhomh, oir bhiodh i ga
dhèanamh a' chiad char sa mhadainn agus mus
deigheadh i a laighe. Agus, beag air bheag, thug i orm
fheuchainn. An toiseach, dìreach nam shuidhe far
an robh mi air an t-sòfa a' tarraing anail gu slaodach
socair. Ach ge bith dè cho slaodach agus a dhèanainn e,
cha robh e a-riamh socair is sèimh gu leòr. An uair sin,
thuirt i rium gur e an cleas gu feumadh an anail a bha
mi a' tarraing a-steach a bhith dhen aon doimhneachd

agus an aon mheudachd is an aon fhaid agus an aon
chuideam agus a bha an anail a bha mi a' sèideadh
a-mach, dìreach mar a chuireas tu an teatha sa phoit
agus an uair sin mar a dhòirteas tu a-mach e dhan
chopan. Thuig mi a' chùis.

'Cha tig às a' phoit ach an toit a bhios innte!' thuirt
mi rithe.

Ach is e am facal 'Òbh' a rinn an diofar mòr. Thuirt
i rium sin a ràdh fhad 's a bha mi a' tarraing m' anail
a-steach agus a-mach agus gun cothromaicheadh sin
mo chorp agus mo cheann. Agus is e a chothromaich,
agus rè ùine dh'ionnsaich mi an t-Òbh cuideachd a
leudachadh a-mach. An Ò agus an Bh a dhèanamh
uamhasach slaodach fada, mar ann an 'O nach
Àghmhor' mar a sheinneas Dòmhnall MacRath e, agus
aon uair is gun robh an Òbh a-staigh nam bhroilleach
b' fheudar dhomh ionnsachadh an uair sin a chumail
an sin, an toiseach airson fichead diog, an uair sin
airson deich diogan thar fhichead agus mar sin air
adhart, gus an tèid agam a chumail, anns an latha
th' ann, airson còig mionaidean. Gun teagamh, bidh
mi uaireannan a' faireachdainn lag is tinn a' dèanamh
sin, ach chan eil càil nach cuir deagh chopan teatha air
dòigh às dèidh làimh.

Ach chan eil an sin ach a' bheag dheth, oir cha do
dh'inns mi dhuibh fhathast mun chorp fhèin. Math
agus gu bheil e Òbh a tharraing a-steach agus a-mach
airson ùineachan mòra, is beag am feum a tha sin
a' dèanamh ma tha thu dìreach nad shuidhe air an
t-sòfa, mar a bha mise an toiseach. Ach fhuair i bratach
fhada dhomh agus dh'ionnsaich mi laighe ceart air
mo dhruim dìreach an sin air an làr a' tarraing Òbh

às dèidh Òbh. Oir nuair a tha do chorp sìnte mach, tha an t-Òbh a' siubhal tro na cuislean gu lèir, gad shèimheachadh o mhullach do chinn gu bonn do shàilean.

Aon uair 's gun do dh'ionnsaich mi sin thuig mi nach robh an sin ach toiseach-tòiseachaidh, oir tha an corp fhèin cuideachd ri thrèanaigeadh. Bha mi air fada cus ùine a chur seachad a' caismeachd nan sràidean an Inbhir Nis agus sa Ghearastan agus am Port Rìgh agus an Ulapul le croit nam dhruim agus an uair sin nam shuidhe mar bhiast crùbte air an t-sòfa, mo chasan cam air mo bheulaibh, mo mhionach le bheatha fhèin, aon làmh air a' chopan teatha agus an làmh eile air zapper an telebhisein, mo dhruim crom agus mo cheann a' gogadh suas is sìos dhan chopan teatha mar thunnag ann an lòn.

'Let's sort all that out, a bhalaich,' thuirt i rium.

Mo chasan a chumail rèidh dìreach. Mo dhruim cuideachd. Mo cheann a chumail an-àirde agus an copan teatha a thogail suas gu mo bhilean seach mo bheul a chromadh sìos mar chearc agus mo ghuailnean an-còmhnaidh a chumail air ais, mar a thuirt an Sàirdseant-Major ud eile. Mac a' Phearsain, a bhiodh a' tighinn a-nuas uair gach seachdain bho Dhùn nan Scots Guards airson beagan PE a theagasg dha na conastabail òga anns na seann làithean. E saoilsinn gur anns an National Service a bha sinn seach anns a' Pholice Service, agus an aon duan aige an-còmhnaidh: 'Dhèanadh aon latha san arm barrachd feum dhuibh na nì ceud latha an seo.'

Agus chanadh sinn uile 'Yes, Sir,' agus an uair sin dhèanadh sinn na thogradh sinn.

Agus cumaidhean, a charaid. Ò – no Òbhh – sin an rud as cudromaiche! Cho stuff agus a bha mo chorp mus do thòisich mi air an yòga seo. Mar sheann dreasair le na dràthraichean uile a' dìosgail nuair a dh'fheuchas tu am fosgladh. Cha mhòr nach b' fheudar dhomh 3-in-1 oil a chur air gach pìos dhem chorp nuair a thòisich mi an toiseach. Dìosgail anns gach lùb a dh'fheuchainn is cràdh anns gach gluasad. Ach, a charaid, mar a thuirt am bodach Sìneach eile, tha cuairt mìle mìle a' tòiseachadh le aon cheum!

Dh'ionnsaich mi laighe an sin agus òrdagan mo choise a' gluasad beag air bheag fhad 's a bha mi ag ràdh Òbhh, agus aon uair 's gun robh mi nam mhaighstir air a sin, ghluais mi air adhart gu m' adhbrann a ghluasad, 's mo ghlùin sìos is suas agus, air m' onair a chàirdean, agus 'an fhìrinn a th' agam nach maraiche mi', mus do mhothaich mi bha mo chasan os mo chionn agus a-nise chan eil romham ach feuchainn cumadh na h-eala mar a chanas sinne aig a bheil sàr-eòlas air yòga air: suidhe air mo mhàs air an làr le mo dhruim dìreach agus mo chasan a cheangal timcheall m' amhaich. Tha i fhèin ag ràdh rium gur e sin Nirvana, ge bith dè tha sin a' ciallachadh, agus aon uair agus gun urrainn dhomh an cumadh sin a dhèanamh (ag ràdh Òbhh aig an aon àm) gum faodainn suidhe mar sin aig fois gu bràth sìorraidh nan tograinn, coltach ri fear dhe na fakirs ud eile a chunna' mi ann air an telebhisean turas ga dhèanamh ann am Bombay. Air an toir iad Mumbai a-nise. Dìreach mar a tha sinne a' toirt Calmac air MacBraynes. No Mac an Eanchainn mar a bh' aig Para Beag orra agus e na Phurser aca uair dhen t-saoghal. Chan eil fhios a'm an ruig mi an

Nirvana sin gu bràth ge-tà, le na gnothaichean beaga eile a tha ceàrr orm. Cha tig an aois leatha fhèin! Chan e gu bheil iad nan claisean eadar mi agus Nirvana, ach gu bheil iad a' toirt a leithid a dh'ùine, agus chan eil iad a' fàgail mòran ùine agam 'son laighe sìos agus mo chorp a chur ann an snaidhmeannan. Tha cèir nam chluasan, mar eisimpleir, agus ged nach eil sin goirt no cunnartach, bidh e gam fhàgail air leth-chluais aig amannan. Rud nach dèan feum sam bith do sgrùdaire mar mise. Chaidh mi chun an dotair mu dheidhinn agus thuirt i rium ola-chruinn-ola a dhòrtadh a-steach na mo chluasan, agus tha mi ris an dol-a-mach sin a latha 's a dh'oidhche. Agus chan eil sin cho furasta agus a tha thu a' smaoineachadh, oir chan urrainn dhut dìreach an ola a thaomadh a-steach na do chluasan mar gum b' e frying-pan a th' ann, ach feumaidh tu a chur a-steach mar bhainne. Agus airson sin a dhèanamh, a bhrònag, feumaidh mi laighe air mo chliathaich agus am bainne a shùghadh a-steach, agus an uair sin laighe mar sin air mo chliathaich 'son cairteal na h-uarach, oir mura dèan mi sin agus ma sheasas mi suas dòirtidh an ola dìreach a-mach às mo chluais agus sìos mo bhus far nach eil e a' dèanamh feum sam bith. Agus an uair sin feumaidh mi an aon rud a dhèanamh leis a' chluais eile. Sin agad leth-uair a thìde mar-thà air a ghabhail thairis a' mhadainn 's a dh'oidhche.

An uair sin, a bhrònag, tha na pileachan beaga a dh'fheumas mi a ghabhail 'son am blood-pressure agus airson seo, siud agus an ath rud. Chan iongnadh ged a bhithinn a' gliogadaich mar phacaid Smarties! Na h-uimhir dhiubh ann gum b' fheudar dhomh mu dheireadh thall iarraidh air Seonaidh an Saor bogsa

beag grinn a dhèanamh dhomh far an cumainn iad uile
feuch agus am biodh fios agam dè am pile a bhithinn
a' gabhail agus cuin. Bogsa beag snog darach a rinn e
dhomh, oir chan fhuiling mi na bogsaichean grànda
plastaig ud a gheibh thu sa bhùth. B' fheudar dhomh ri
linn sin leabhran beag fhaighinn agus clàr a sgrìobhadh
sìos agus tiog a chur ri taobh gach pile aon uair 's gun
gabh mi e. Eadar a h-uile càil a tha sin, a chàirdean, is e
mìorbhail gu bheil ùine agam mo dhileag a dhèanamh,
gun luaidh air sortadh a-mach eucoirean an t-saoghail.

Tha mi duilich, cha mhòr nach deach mi seachad
air mo sheanchas ag innse dhuibh mu mo chuid
ghearainean. Coltas na caillich eile a bha suidhe ri
taobh an teine a' tionndadh aon òrdag mhòr timcheall
na tèile.

'An e sin an aon rud as urrainn dhut a dhèanamh?'
thuirt am bodach a bha còmhla rithe.

'Chan e,' ars ise, 'thèid agam air a tionndadh an
taobh eile cuideachd,' agus i an uair sin dol an aghaidh
na grèine le na h-òrdagan mòra, seach deiseil.

Oir a dh'aindeoin a h-uile Òbh is eile chaidh an
gnìomhachas agam cho math 's a ghabhas. Nam laighe
a' gòmadaich 'son leth-uair nuair a dhùisginn, agus
an uair sin leth-uair a' laighe le ola nam chluasan agus
an uair sin leth-uair a' gabhail na lite agus leth-uair
eile air na pileachan, agus a-mach leam leis a' bhan
air feadh na sgìre. Cha robh oisean dhe na h-eileanan
nach do dh'fhàs eòlach air MwM a' tighinn tarsainn
a' chnuic, agus mura b' e gun robh mi cho somalta
stòlda bhithinn air fàs cho reamhar ri ròn, oir cha robh
taigh no baile air an do thadhail mi nach robh cailleach
air choreigin aig an doras ag innse dhomh gun robh

na sgonaichean air a' ghreideil. Bha am fàileadh na bhuaireadh cho mòr, ach ghabhainn anail shocair – Òbh! – agus siud mi air ais dhan charbad, a' cur mo chùl ri buaireadh is reamhrachd, aon turas eile.

11

Inbhir Nis

ACH THÀINIG AN latha mòr. Thàinig. Mar a thig.
Dh'fhòn esan. Big Dan. Bhiodh e air cluinntinn nach
robh cealgaireachd sam bith an lùib a' ghnìomhachais
agam. Tha fhios gum biodh. Gun robh mi dìreach
a' ruith an siud agus an seo le diofar ghnothaichean.
Bha fhios a'm gum biodh a shùil orm. Oir cha b' ann
an-dè a rugadh Murdo. Cha b' ann. Am fear a bhios
fad' aig an aiseig, gheibh e thairis uaireigin. Gheibh.

'Tha teoba agam dhut,' thuirt e. 'Bogsa no dhà a
thogail dhomh an Inbhir Nis agus an sgaoileadh… suas
gu tuath.'

'Tuath?' arsa mise.

'Aidh. Tuath. Inbhir Pheofharain. Inbhir Theòrsa.
Inbhir Ùige. Ulapul. A-null dhan Eilean Sgitheanach.
Sìos dhan Ghearastan. Na sgìrean sin.'

'Leudachadh dhen bhusiness?'

'Chan e. Chan e buileach. Dìreach gun deach an
duine bochd a bha ga dhèanamh dhomh às an rathad
o chionn ghoirid. Far a' chidhe an Inbhir Ùige. An
truaghan bochd. Trioblaidean mòr aige.'

88

Mar nach robh fhios agam. Fear Griffiths à Farrais a bha air a bhith a-mach 's a-steach às a' phrìosan o chionn bhliadhnachan 'son eucoirean beaga. Goid à bùithtean agus a leithid. Meanbh-mhèirleach.

'Nach eil daoine eile agad?' thuirt mi ri Dan. 'Daoine a tha fuireach anns na h-àiteachan sin seach mise, a-muigh an seo air oir an t-saoghail.'

Cha robh mi ag iarraidh a bhith ro dheiseil is dheònach, mus biodh amharas air.

Is e bha dàn. Nach ann air a bha an aghaidh, mar a chanadh mo mhàthair.

'Uill,' ars esan, 'sin fhèin pàirt dhen adhbhar a tha mi gad iarraidh. Chan eil iad eòlach ort. Agus tha mi ag iarraidh cuideigin nas sine. Fhios agad fhèin mar a tha na balaich òga ud san latha th' ann: an Inbhir Nis an-diugh, an Istanbul a-màireach. Aon uair 's gum faic iad sealladh air caileag bhòidheach. Tha feum agam air cuideigin reliable. Anns an cuir mise, agus na clients agam, earbsa. Cuideigin cinnteach, seasmhach.'

'Rud mòr a tha sin,' thuirt mi. 'Earbsa. Chan eil ceannach air. Chan eil.'

'Money no object,' ars esan. 'Nì mi cinnteach gun fhiach e.'

'Tòrr siubhail do dhuine m' aois-se, ge-tà. Nuair a bu chòir dhomh mo chasan a chur suas.'

'Nach fhaod thu sin. Flat agam an Inbhir Nis. Le sealladh air an abhainn. Agus le deic. Faodaidh tu suidh' an sin gach feasgar le do chasan suas a' coimhead sìos air na bradain a' leum air beulaibh Eden Court.'

Cha mhòr nach tuirt mi Òbh.

Is iomadh droch chù a fhuair deagh chnàimh. Ged nach tuirt mi sin.

'Uill, mas e sin do thaghadh, Dan,' thuirt mi ris, 'cha chan mi nach dèan mi e. Feum aig duine dhe mo sheòrsa-sa faighinn a-null dhan bhaile mhòr an-dràsta 's a-rithist. Iasg is tiops agus An Castle Snacker agus biadh Innseanach agus sìos a dh'fhaicinn Caley. Treats mar sin.'

'Sin fhèin a bhiodh ann,' ars esan. 'Treat. Uair sa mhìos no mar sin.'

Saoil an e ribe a bh' ann, smaoinich mi, aon uair 's gun deach e far a' fòn? Gam thàladh gu mo bhàs, chionn 's gun robh amharas – chan e, o chionn 's gun robh fhios aige – gur e detective a bh' annam. Uill, tha fhios a' m gur e facal mòr a tha sin – detective – oir chan e Inspeactar Clouseau no Seumas Bond no fiù 's Dixon of Dock Green a th' annam, ach na undereastamaig mi, mar a chanadh Kenny Beag. Chan urrainn do dhuine ach a dhìcheall a dhèanamh. Chan e Murchadh Iain agus chan e Iain Murchadh, mar a thuirt m' athair an latha a dh'fhalbh mo bhràthair Iain dhan nèibhidh.

Uill, mas e, biodh sin mar a bhiodh. Am fear nach cuir a chuid an cunnart, cha dèan e call no buinnig. Agus neartaich mi mi fhìn le copan teatha agus sgona, yòga na croich ann no às. Am fear don dàn a' chroich, cha tèid gu bràth a bhàthadh. Tha mi air rud fhalach cuideachd, ge-tà, agus tha cheart cho math dhomh innse dhuibh.

Sgitheanach a bh' ann am Big Dan. Chan e gun tuirt esan sin, no gun do dh'inns e dhomh, ach a-riamh bhon a chuala mi a chainnt – agus gu seachd àraid a-riamh bhon a chunnaic mi a cheann maol gleansach – bha fhios a' m gur e Sgitheanach a bh' agam. Coltas gach duine ag innse dè dh'fhaodadh a bhith. Bha fear mar sin gar teagasg ann an Sgoil MhicNeacail 'son ùine – fear àrd caol maol tana eile bhon Taobh Sear, a bhiodh an-còmhnaidh a' gearan mun dòigh a bhiodh sinne ag ràdh rudan, mar gun robh tomhas nèamhaidh air choreigin aigesan agus sinne mar fhinnich air chall anns an fhàsach. Agus cò aig tha fhios nach robh e ceart. Cha do chuir e suas fada rinn ge-tà, oir thog e air a dh'Inbhir Nis, far an robh an dùbhlan na bu mhiosa buileach. Bhithinn ga fhaicinn an-dràsta 's a-rithist sa Chummings, an duine bochd.

Ach chùm mi sin agam fhìn. Cha do leig mi aon fhios dha Big Dan gun robh fios sam bith agam mu dheidhinn. Carson a leigeadh? Nach fheum duine a bhith cho neoichiontach ris a' chalman agus cho gleusta ris an t-sionnach?

Flat snog a bh' aige an Inbhir Nis, gun teagamh. Cha robh iuchair air – dìreach aon dhe na glasan dealain ud far am bi thu a' putadh àireamhan agus dh'fhosgladh na dorsan. Ceithir flataichean san taigh agus na trì eile le glasan dhen aon sheòrsa agus daoine *Airbnb* a' tighinn 's a' falbh gun sgur. Mar sin, cha robh e gu mòran dragh do nàbaidh sam bith (nach robh ann co-dhiù) cò bha timcheall: nach robh an t-àite làn de shrainnsearan fad na h-ùine?

Bha dà sheòmar-cadail agam – fear mòr aig a' bheulaibh taobh na h-aibhne agus fear beagan nas lugha aig a' chùl a' coimhead suas chun a' chaisteil. Bha sin na bu shocraiche, ach sealladh na b' fheàrr aig an fhear eile, far an deach mi nam laighe. Cidsin beag snasail agus seòmar-suidhe le biast de thelebhisean le gach seanail san t-saoghal air. Ò, ghràidh, tha mi 'g innse dhut! An t-seanail goilf an tè a b' fheàrr leam. Is caomh leam mar a tha am fear ud eile, Dustin Johnson, a' cluich. Ann an dòigh shoilleir, chinnteach, gun a bhith bragail ann an dòigh sam bith. Ghabh mi deagh chomhairle bhuaithe a chuala mi ann an agallamh, is dòcha nì feum dhuibh a chàirdean: nuair a tha thu a' putadh, cùm do shùil air cùl an tuill air a bheil thu ag amas agus tha cothrom nas fheàrr agad. Dh'fheuch mi e, agus air m' onair tha e ag obrachadh! Siuthad a-nise top-tip eile o Murdo Nicklaus!

Thug Big Dan fòn-làimhe ùr dhomh cuideachd. Bha i ann am pasgan air an deasg sa flat le m' ainm air a' chèiseig. Ubhal, no less! Agus ged a bha e caran doirbh obrachadh an toiseach, leigidh mi fios dhuibh nach eil Murdo Mhurchaidh 'ic Mhurchaidh Bhig cho gòrach ri sin. O, chan eil. G-mail an siud agus WhatsApp an seo agus Tweets nach do rinn uiseag a-riamh agus Instagram air an taobh eile ri taobh Facebook agus TikTok, ged nach do rinn mise feum sam bith dhen sgudal sin. Dìreach WhatsApp, oir thuirt an t-Àrd-Inspeactar Moireasdan gum b' e sin am meadhan a bu thèarainte, ma tha a leithid a rud idir ann! Bhiodh Big Dan a' cur fios thugam tron mheadhan sin ag innse dhomh dè a bh' agam ri dhèanamh, agus a' toirt dhomh dà mhionaid às dèidh gach teachdaireachd 'son a chuimhneachadh, oir bha am fiosrachadh a' dol a-mach às an t-sealladh an uair sin.

'Security,' ars esan.

Ma-thà, tha mi 'n dùil, oir ged a bhiodh fraoch nam chluasan chan eil sin ag ràdh nach robh camara beag Polaraid agam a' togail dealbh de gach teachdaireachd nuair a thigeadh i. Oir bha deagh chuimhn' a'm air na thuirt Am Moireasdanach rium. Bi teagmhach mun h-uile nì, ach mun fhìrinn. Aithnichidh tu i air an fhacal. Na creid facal a chluinneas tu agus dìreach leth dhe na chì thu. Bhiodh fiù 's leth ge-tà na fhianais gu leòr.

Bhithinn a' togail nam parsailean aig ionad shìos san Longman. Cha robh duine beò ri fhaicinn an sin, a latha no dh'oidhche, ach a-rithist fear dhe na bogsaichean-beaga dealain ud aig doras an ionaid le àireamh 'son do leigeil a-steach. Dh'innsinn an àireamh dhuibh nam b' urrainn dhomh, ach dè am feum, oir bhiodh e ag atharrachadh na bu trice na an aimsir fhèin. Aon mhionaid 's e àireamh mar 95372 a bhiodh ann agus an uair sin gheibhinn teachdaireachd chlis bhuaithe fhèin gur e A5%*+#9 no rudeigin a bh' ann. Bha e cho math gun robh mi air ionnsachadh Òbh a ràdh air mo shocair aig na h-amannan sin, no bhithinn air a dhol às mo rian.

Agus nuair a dheighinn a-steach, bhiodh na bogsaichean agus na parsailean an sin. Gach bogsa le stampa ag ràdh BDDD. Big Dan's Demolition Den. Bha mi a-riamh math air crosswords. O, chan e an fheadhainn dhuilich sin a bhios ann am pàipearan nan daoine foghlaimichte ach an fheadhainn as urrainn an duine cumanta mar mise a dhèanamh air mo shocair fhìn. Chan eil nas fheàrr na suidhe ri taobh an teine le copan teatha agus tòimhseachan-tarsainn. Oir bha mi a-riamh dèidheil air tòimhseachain.

Cò am beul as sòlasaiche a tha air an t-saoghal?
Beul an latha.

Togaidh leanabh beag na dhòrn e, 's cha thog dà dhuine dheug le ròp e.

Ugh.

Bean bheag a' tighinn dhan bhaile seo,
   Is math a nì i dranndan,
   Currachd den chneaschullain oirre,
   Is còta buidhe plangaid.
   Seillean!

Seo a-nise. Nach eil iad grinn, ged nach eil duine beò
riutha an-diugh oir tha a h-uile freagairt aig Maighstir
Google.

Ach anns an latha a th' ann is e tòimhseachan-
tarsainn an *Sunday Post* as fheàrr leam. Chan fheum
mi ceum ann an Astrophysics 'son a dhèanamh, ged a
tha e doirbh gu leòr. Seall fhèin air an fhear air an robh
mi ag obair a-raoir. Bha a' chiad fhear tarsainn furasta
gu leòr, oir is caomh leotha do mhisneachadh aig an
fhìor thoiseach. One Across: naoi litrichean. A' cheist:
He's been our friend since 1936. Agus bha an 'clue' a
tòiseachadh le 'O' agus a' crìochnachadh le E. Seall
fhèin cho furasta agus a bha sin. Oor Wullie! Bha sin
fhèin airidh air deagh bhalgam dhen teatha.

Ged nach robh an ath fhear cho furasta: 'Very Small'
bha e ag ràdh, ach cha b' urrainn gur e beag no wee no
tiny no little a bh' ann oir bha aon litir deug san fhacal
agus dh'fheuch mi feadhainn nas fhaide mar Negligible
agus Insignificant gus an d' fhuair mi e – Microscopic,
oir chuimhnich mi mar a bhiodh an CID ag obair le
microscopes 'son rudan neo-fhaicsinneach fhaicinn.
Bha sin airidh air copan teatha eile. O bha, gun
teagamh. Tha cuid de rudan as fhiach an dà chopan.

O, agus dìreach mus fhàg mi an *Sunday Post,* an aon

rud eile as caomh leam anns na pàipearan-naidheachd is e an fharpais Spot the Shinty Ball anns an *Oban Times*. O, ghràidh ort, tha sin nas duilghe na an tòimhseachan-tarsainn fhèin, oir is e an rud nach do chluich mise iomain a-riamh agus le sin tha e gu math doirbh dhomh obrachadh a-mach càit am b' urrainn am bàlla a bhith. Och, dh'fhaodadh e bhith an àite sam bith – sin an fhìrinn ghlan, mar a h-uile rud eile anns an t-saoghal. Dh'fhaodadh e bhith an àite sam bith, oir tachraidh àm is tuiteamas dhaibh uile. Ghlèidh mi an fharpais aon turas, nuair a chuir mi a' chrois airson a' bhuill anns an oisean a b' fhaide air falbh, agus fhuair mi £500 a thug cothrom dhomh a dhol a dh'Ìle 'son làithean, far an do chluich mi goilf air a' mhachair an sin. Ged a bha mi anns na sruthain nas trice na bha mi air an fheur, fhathast sgòr mi nas lugha na 100. Uill, ma bheir thu a-steach a' handicap agam, a tha cho àrd ri handicap sam bith an Alba. Ach bha sin mus d' fhuair mi an top-tip ud bho Dustin.

Co-dhiù, bha na parsailean agus na bogsaichean aig Big Dan cho sgiobalta 's a ghabhas anns an ionad. Air an cur ann an deagh rian cuideachd, a rèir na h-aibideil, a' tòiseachadh le Alanais agus a' crìochnachadh le Wick. Feumaidh nach robh àite sam bith air tìr mòr na Gàidhealtachd le X no Y no Z, agus nuair a smaoinich mi air, cha robh. Ged a tha Yell shuas ann an Sealtainn, ach feumaidh gun robh cuideigin eile a' dèanamh nan eilean mu thuath, mura robh iad saor on phuinnsean uile gu lèir.

Nise chàirdean, cha robh mi cho gòrach agus gun robh mi dol a thogail parsailean de dhrugaichean suas an A9 agus tro bhailtean beaga na Gàidhealtachd. Agus

– nas cudromaiche – bha fhios a'm nach biodh Dan
Mòr cho gòrach ri sin a bharrachd. Feumadh gur e
dà rud a bh' ann: cha robh càil anns na bogsaichean
ach stuth làitheil laghail, air neo falaichte anns gach
bogsa (no ann an corra bhogsa) bha na drugaichean.
Mas e a' chiad fhear is e dìreach plòidh a bh' aige,
mar feuchainn ri cù a chur air seachran le fàilidhean
àbhaisteach, agus mas e an dara fear, sin agaibh, a
chàirdean, an t-snàthad anns a' ghoca-feòir. Mar togail
salann às a' chuan, mar a chanadh mo sheanair.

Co-dhiù, cha b' e sin mo chosnadh aig an àm sin.
Oir cò thraoghas an cuan le spàin? Dìreach a' falbh
le na parsailean agus sùil a thoirt air an fheadhainn
a bha gam faighinn. Bheireadh sin clue eile dhomh,
dìreach mar anns na tòimhseachain-tarsainn. No ann
an Spot the Ball: chithinn lem shùilean fhìn cà' robh am
bàlla. No na buill, gu mì-fhortanach. Tha fuasgladh
air a h-uile rud, nam biodh fios againn air. Sin tha mise
a' creidsinn, co-dhiù.

Suas leam ma-thà a dh'Alanais le bogsa 'son garaids
Mhic na Ceàrdaich an sin. Chuir an duine còir fàilte
mhòr orm ag ràdh,

'À! Dràibhear ùr! Na pàirtean ris an robh mi
feitheamh,' agus dh'fhosgail e am bogsa air mo
bheulaibh, a' toirt a-mach diofar phàirtean: carburetors
agus plugaichean agus uèirichean agus sgàthain agus
iomadach rud eile, agus a' soidhnigeadh bileag agus ga
shìneadh air ais thugam, còmhla ris a' bhogsa fhalamh.

'Bhiodh am fear a bha romhad daonnan a' toirt nam
bogsaichean air ais leis,' thuirt e.

Agus sin an duan a bha sa h-uile àite anns an do
thadhail mi – bùth-èisg ann an Inbhir Ghòrdain a bha

air sgeinean is sàbhan beaga fhaighinn bho Big Dan; an cluba goilf ann an Dòrnach a bha a' gabhail ultach de sheann chamain bhuaithe 'son an toirt dhan òigridh fhad 's a bha iad ag ionnsachadh; bùth a' chiùil ann an Inbhir Ùige a' togail ultach eile de sheann LPS a bha Big Dan air fhaighinn air feadh na Roinn Eòrpa... agus mar sin air adhart. Cha robh aon duine a' coimhead amharasach no teagmhach mun chùis. Iad uile a' feitheamh ri gnothaichean a bha iad air òrdachadh.

Dh'fhaighnich mi dhan fhear an Ulapul carson nach robh e dìreach ag òrdachadh nan coinnlean a thàinig sa bhogsa tro ebay no tron phost àbhaisteach agus thuirt e, 'O chionn 's nach fhaigh thu na coinnlean àraid seo ach bho Big Dan. O, gheibh thu na coinnlean àbhaisteach ceart gu leòr sa h-uile àite, ach seall na cumaidhean agus na fàilidhean a tha air an fheadhainn seo. Feadhainn a chaidh a dhèanamh gu follaiseach thall thairis le làmh: seall fhèin air cumadh na tè sin – Lùchairt a' Gheamhraidh ann an Leningrad. Cailleach air choreigin a rinn e thall an sin, agus droch theansa gum faigh thu a leithid ann am bùth àbhaisteach sam bith. Gheibh mise deagh phrìs oirre mi fhìn – deagh theansa, gu dearbh, gun reic mi an tè seo air an eadar-lìon do chuideigin ann an Leningrad fhèin! St Petersburg, nach e? Aig prothaid. Nach annasach an saoghal, a dhuine?'

Nach annasach gun teagamh.

Thill mi dhachaigh taobh an Eilein Sgitheanaich, oir cha robh adhbhar agam a dhol air ais a dh'Inbhir Nis airson mìos eile. Bha an Cuiltheann na ghlòir: crathadh beag de shneachda fhathast air na sgurran, ach na beanntan fhèin mar gun robh iad air an gearradh an aghaidh nan speuran gorma. Shaoileadh tu gun robh an saoghal gun lot.

'Saoil,' thuirt mi rium fhìn, 'an robh drugaichean air am falach am broinn nan gnothaichean a thog na daoine ud? Can pùdar am broinn carburetor fuadain. No am broinn làmh na sgeine. No am broinn aon dhe na coinnlean.'

Nach b' e an trustair gleusta, smaoinich mi, ma bha e air sin a dhèanamh. Cha chuirinn seachad air e, ach bha rudeigin ceàrr mun bheachd sin. Dìreach gun robh na daoine a bha air stuth òrdachadh agus a bha ga thogail ro neoichiontach. Rinn iad uile cus toileachais mun rud a bh' air am beulaibh 's gun robh e doirbh dhomh a chreidsinn gun robh iad a' leigeil orra. Math agus gu bheil daoine air rud a chleith, chan eil iad cho math sin air cleasachd, mura bheil iad air a bhith air an trèanadh le Dàibhidh Mac an Fhucadair. Chan eil daoine cho math sin air na breugan: tha mealladh mar a' bhoiteag anns an fhiodh – chì thu an toll beag air an uachdar. Ma tha sròn mhòr air fear bidh e a' saoilsinn gu bheil a h-uile duine bruidhinn mu deidhinn.

Ach dh'fhaodadh e bhith gun robh gach ceannaiche gu tur neoichiontach, ach fhathast gun robh am puinnsean falaichte ann an cuid dhen stuth a cheannaich iad. Bha sin na bu choltaiche, shaoil leam. Oir is fheàrr rud fhalach am measg an àbhaist na solas a dheàlradh air mar rud àraid. Chan e solas na grèine a th' anns a h-uile solas. Ma tha thu ann an Ìle, dèan mar na h-Ìlich. Can nan cuireadh Big Dan pùdar ann an carburetor fuadain, agus an uair sin gum biodh cuideigin aige san sgìre a thogadh sin... dè bh' aig an duine sin ri dhèanamh ach carburetors mar sin òrdachadh bho gharaids, agus nuair a thigeadh iad cha bhiodh aig an duine ach fònadh chun na garaids agus faighneachd an tàinig na carburetors aige a-steach, agus a dhol sìos gan togail? Cha leigeadh aon fhios a bhith aig fear na garaids gun robh aon charburetor a-mach à sia fuadain. An aon rud le leabhar a bha bùth nan leabhraichean an Inbhir Nis air òrdachadh no le na seann dealbhan a thug mi dhan duine an Inbhir Pheofharain. Àite gu leòr eadar an dealbh agus an canabhas air a chùlaibh 'son rud sam bith fhalach…

Airson adhbhar air choreigin thàinig an t-òran ud a bha mi air feadaireachd ann am Marseille air ais thugam fhad 's a bha mi a' dràibheadh gu Ùige, agus an aiseag air fàire sa Chuan Sgìth. 'Tha nead na circe fraoich anns a' mhuileann dubh, sa mhuileann dubh,' sheinn mi, 'Tha nead na circe fraoich sa mhuileann dubh as t-samhradh.' Feumaidh mi aideachadh nach robh mi a-riamh air smaoineachadh air na faclan. O, bhithinn gam feadaireachd no gan seinn dhomh fhìn an-dràsta 's a-rithist, gun teagamh, dìreach mar a sheinneas duine nàdarrach sam bith – gun for. Dìreach mar a chanas tu 'Deagh latha,' ri cuideigin gun smaoineachadh mu dheidhinn. Dh'fhaodadh gu bheil an duine bochd ris an can thu e a' bàsachadh. Chan eil fhios agad aig àm sam bith air cor do cho-chreutair. Chan eil.

Is chuimhnich mi air an dà rann eile san òran, a thàinig mar sheòrsa de bhoillsgeadh grèine thugam agus mi a' dràibheadh sìos an cnoc cas ud a dh'Ùig.

Tha iomadh rud nach saoileadh tu sa mhuileann

dubh, sa mhuileann dubh,
Tha iomadh rud nach saoileadh tu sa mhuileann
dubh o shamhradh.
An cuala thu gun robh snaoisean sa mhuileann dubh,
sa mhuileann dubh,
An cuala thu gun robh snaoisean sa mhuileann dubh
o shamhradh.

Snaoisean! Sin e. Carson a bha mi cho gòrach! Bha dìreach aon àite dhan tug mi bogsa de sheann phìoban-smocaidh agus bogsaichean beaga a bhiodh a' giùlan shiogaraits. Bogsaichean beaga brèagha tiona le dealbhan 'Senior Service' is 'Capstan' is 'Gauloises' sgrìobht' orra.

'Fèill mhòr air na seann bhogsaichean seo,' thuirt an duine rium nuair a dh'fhosgail e am parsail. Duine mòr foghainteach a bha a' ruith bhan iasg-is-tiops a-mach à làrach ri taobh an A9 tuath air Bearghdal. Bhan reòiteagan aige cuideachd, thuirt e, a bhiodh e ag obair as t-samhradh. Sin e, thuirt mi rium fhìn. Perfect cover. Double sausage is tiops agus beagan sabhs còmhla riutha, no Cornetto le topping. Aidh, aidh, ma-thà tha mi 'n dùil, a' phiseag à Ceòs. Hmmm.

B' fheudar dhomh m' inntinn a shocrachadh air an aiseag, oir chan eil e ro mhath do Mhurdo a bhith a' smaoineachadh cus. Ged a bha e gu math doirbh oisean fhaighinn dhomh fhìn far an dèanainn Òbh no dhà.

'O, 's tu fhèin a th' ann a Mhurchaidh,' aig gach dàrnacha duine. 'Is dè tha gad fhàgail a bhos na taobhan seo?'

Mar nach robh cead aig duine càil a-mach às an

àbhaist a dhèanamh. Uaireannan cuiridh mi na brògan donn orm an àite nam brògan dubha 's canaidh iad rium. 'Ho, hò, a Mhurchaidh. Latha mòr an e?' is canaidh mi riutha, 'Gun teagamh. Gun teagamh. Dol a dh'Uibhist an-diugh. 'S tha fhios agaib' fhèin cho spaideil agus a tha iad thall an sin.'

Co-dhiù, fhuair mi sèithear socair dhomh fhìn mu dheireadh thall agus laigh mi an sin a' gòmadaich a-mach 's a-steach. Rud nach robh furasta às dèidh an Cal Mac Special a ghabh mi: macarònaidh-càise le tiops agus an sticky-toffee pudding. Nirvana an tuirt thu? Bha i fhèin air moladh dhomh an yòga-mat a thoirt leam gach àite dhan deighinn, ach a bhròinein, cha robh mi a' dol a dhèanamh amadan buileach glan dhìom fhìn air a' Heb a' roiligeadh bratach a-mach anns a' Mhariner's Cafaidh. Nam laighe an sin ag èisteachd rithe fhèin ag innse dhomh a-rithist gun robh an sgioba agus an sgiobair a' cur fàilte orm air bòrd. Ach b' e na seann làithean a bha sin agus a-nise chan eil ann ach an gairm cruaidh ag innse dhut gu bheil 'light snacks, teas and coffees are now being served in the cafeteria', gun guth idir gu feum sinn a dhol dha na mustard stations ma tha èiginn ann, a bhrònag.

Bha mi cho sèimh ri Loch Thangastail air latha samhraidh mus do ràinig mi Loch nam Madadh. Thadhail mi air Tormod air an rathad dhachaigh tro na h-eileanan. Bha e san lios a' glanadh churran. Uill, nuair a chanas mi lios tha mi a' ciallachadh ann am fear dhe na togalaichean fada plastaig ud a bhios iad uile a' cleachdadh na làithean seo. Polytunnels. Sin a chanas iad riutha, nach e? Teas an donais unnta nam broinn, agus b' fheudar dhomh mo sheacaid a thoirt dhìom, rud nach bi mi a' dèanamh ach ann an emergency fhèin. Oir bha sruth fallais asam.

'Tha thu sin,' ars esan. 'Tha Sherlock air tilleadh.'

'Tha,' arsa mise, a' lasadh na pìoba. "It is a capital mistake to theorize before one has data." Nach e sin a thuirt e?'

'A' ciallachadh?'

'Tha fiosrachadh a' toirt ùine. Aon cheum air adhart agus dà cheum air ais, mar a thuirt am bodach eile. Air neo an ann an taobh eile mun cuairt a bha e? Cas mu seach, mar a thuirt a' chailleach.'

''Eil thu ag iarraidh mo chuideachadh?' ars esan, a' toirt trowel bheag dhomh. 'A dhà no thrì dhe na currain bheaga sin a bhuain, agus tè no dhà dhe na courgettes a tha thall romhad. Agus thig sinn a-steach a dhèanamh brot.'

Bha am brot aig Tormod Mòr ainmeil. Chuireadh e gaoiseadan air an duine mhaol. Garlic nam mollachd aige an-còmhnaidh an toiseach, agus an uair sin dinnsear is uinnean no trì, agus lentils agus an uair sin ge bith dè a bha e air toirt a-steach on pholytunnel. An-diugh currain is courgette. Caran milis dhòmhsa, ach bha e glè mhath còmhla ris an aran. Milanda gheal. Ithibh gach nì a chuirear romhaibh, gun nì sam bith fheòraich ar sgàth cogais. Mhothaich mi, ge-tà, gun tug e am pìos as fheàrr – an cùl tiugh – dha fhèin. Am fear a bhios a' roinn na maraige, bidh an ceann reamhar aige fhèin! Is fhada as fheàrr leam fhìn brot nas sìmplidh: buntàta is leek 's dòcha, no hama is snèip. Tha sin glè mhath. Tha. No am Minestrone: a h-uile lus a th' agad a-steach dhan phrais còmhla ri canastair thomatòthan agus deagh chnap càise air a mhuin (Cheddar fhèin as fheàrr leam, seach am Parmesan, a bhios a' toirt cus gaoithe orm agus an Arrividerci, mar a chanas Eardsaidh Beag a' Bhàgh a Tuath.

Dh'inns mi dha mar a chaidh dhomh fhad 's a bha sinn a' gabhail a' bhrot.

'Agus an duine seo le bhan nan tiops agus bhan nan reòiteagan,' thuirt Tormod. 'Mas e esan a tha a' sgaoileadh nan drugaichean, carson nach eil e fhèin gan togail an Inbhir Nis an àite bhith an urra ri dràibhear mar thusa a thighinn suas leotha? No tron phost, no tro chuideigin eile a bheireadh suas iad fad na slighe às A' Chaisteal Nuadh?'

'Mar as lugha a ghluaiseas e, tha fhios gur ann as sàbhailte e,' thuirt mi. 'Carson a dheigheadh Mohammed chun na beinne ma thig a' bheinn thuigesan? Mar as lugha thig duine sam bith faisg air Inbhir Nis is ann is fheàrr.'

'Tha sin ann ceart gu leòr,' ars esan. 'Ged a bha an Cummings glè mhath na latha.'

'Diofar mòr eadar pinnt is leth-tè agus snàthad is pile ge-tà, àrd-inspeactair. Diofar fhathast eadar ceann goirt is aithreachas, agus a bhith nad laighe air an t-sràid a' feitheamh fix eile.'

'An aon rud,' ars esan. 'Mar tha fhios agad, a Mhurchaidh. Mura b' e an deoch, bhiodh na prìosanan cha mhòr falamh. Ach sin an saoghal, bho linn Noah. Agus, fhad 's tha mi aige, nach e esan a' chiad duine riamh a ghabh tè mhòr? Chan eil e an urra rinne rudan a chasg, a Mhurchaidh, ach an lagh a chur an gnìomh. Chan e ceist mhoralta ach ceist laghail a th' ann. Duilich òraid bheag a thoirt dhutsa, a bha thall 's a chunnaic co-dhiù. Ged a tha an dol-a-mach aig na

bugairean sin an dà chuid mì-mhoralta agus mì-laghail.
Na dealers, tha mi ciallachadh. Truaghain a th' anns na
daoine eile. Consumers, nach e sin a chanas iad riutha
san latha a th' ann?'

'Customers,' arsa mise.

'Agus fear na bhan? Dè do chomhairle fhèin, a
Mhurchaidh?'

Uill, uill, thuirt mi rium fhìn, nach ann orm a thàinig
an dà latha. Cuideigin os mo chionn ag iarraidh mo
chomhairle. Oir bha mi a-riamh aig deireadh na rèis.
Seall fhèin nuair a bhiodh iad a' taghadh sgiobaidhean
buill-coise san sgoil.

'Pick teams,' chanadh Lachaidh Mòr, agus
dh'fhaodadh tu bhith cinnteach mar a dheigheadh an
taghadh. Iain Lacasaidh an toiseach, agus an uair sin
Calum Crùbag, an uair sin A' Ghibeag Bheag a bha cho
math air dribligeadh, agus às a dhèidh-san Murdigan a
bha cho tiugh ri cloich, agus an-còmhnaidh bhithinn-
sa agus Am Meaban Beag air ar fàgail aig an deireadh
o chionn 's nach b' urrainn dhuinn dribligeadh no
tacladh no ruith no eile. Agus an uair sin stobadh iad
mise eadar na puist aig aon cheann agus Am Meaban
Beag eadar na puist (na seacaidean againn) aig
a' cheann eile agus a h-uile turas a dheigheadh am bàlla
seachad oirnn sheasadh iad an sin a' mionnan agus
gar càineadh mar gum b' e mo choire-sa no coire A'
Mheabain Bhig a bh' ann. Am Meaban Beag bochd
MBE a chrìochnaich na sgiobair aig Cunard.

Agus seo an duine mòr seo a-nise ag iarraidh mo
chomhairle! An rud as daoire a th' ann: an rud a
dh'fheumas tu iarraidh.

'Uill,' arsa mise, mar gun robh mi air beachdachadh

air a' chùis, agus mar gun robh fhios agam dè chanainn. 'Uill, 's e ceist tha sin. Mar a tha mise ga fhaicinn,' agus feumadh gun robh an yòga air mo chuideachadh, oir bha mi cho ciùin ri madainn Chèitein, 'Is e snaidhm gun cheann a th' ann. Chan e gocan na cuthaige a dh'fheumas sin a ghlacadh, ach a' chuthag fhèin. Ach dè a' chuthag is càite? Chan e an gocan bochd a tha glacte san nead, no fiù 's a' chuthag bheag sa bhan, no a' chuthag mhòr sa Chaisteal Nuadh, ach na cuthagan eile ann am Marseille agus ann am Meagsago agus ann an Afganastan is Colombia. Chan eil crìoch air. Is fad an abhainn air nach fhaighear ceann, a Thormoid. Is fhad'.'

'Sin carson,' thuirt esan, 'a dh'fheumas sinn tòiseachadh far a bheil sinn, leis an duine bheag, an àite a bhith a' ruith na cuthaige. Chan urrainn dhan lagh a h-uile doras a ghlasadh. Is fheàrr fàrdan far a bheil thu, a Mhurchaidh, na fortan fad às. Is fheàrr.'

'Agus is fheàrr fianais na fiosrachadh cuideachd, a dhuine,' arsa mise, is deagh fhios a'm gur e sin an ath rud a dh'iarradh e orm a dhèanamh: fianais fhaighinn nach b' e dìreach iasg is tiops is cornettos is magnums a bha mo laochain a' reic, agus nach b' e dìreach carburetors is coinnlean a bha am fear eile a' malairt, agus nach b' e dìreach stuth ath-nuadhachail a bha a' dol a shàbhaladh na cruinne a bha Rodaidh bochd a' giùlan eadar Marseille agus Malaig.

12

Na Triantain

THA RUDEIGIN COILEANTA mu dheidhinn triantan.
Cha robh mi a-riamh math air geomatraidh, ach bha
mi a-riamh dèidheil air an triangle. Is dòcha chionn
's gun robh bonaid bhobain aig mo sheanair a bha sa
chumadh sin. Fhuair e i ann an Cairo air tè dhe na
bhoìdsean aige. An t-Easbaig Beag bhiodh iad a' toirt
air nuair a chuireadh e air a bhonaid.

Tha trì seòrsachan de thriantan ann: an equilateral
triangle, an isosceles triangle agus an scalene
triangle. Seo a-nise, cuiridh mi geall nach robh càil
a dh'fhios agaibh gun robh Murdo fiosrachail mun
a sin! An aon rud a dh'ionnsaich mi a-riamh o Miss
Simmonds a bha gar teagasg 'son bliadhna ann an
Sgoil MhicNeacail. Tè àrd thana le falt molach mar
mhop. Bhiodh i a' toirt oirnn an dealbhachadh le
peansail anns an deoitear a h-uile feasgar Dihaoine
mar 'treat': sinne nar suidhe an sin le air teangannan
a-mach air oir ar bilean agus fallas is fàileadh
a' choin à Norrie MacT a bhiodh na shuidhe ri mo
thaobh. B' e na h-aon triangles a b' aithne dhàsan

na Mint Humbugs agus na Moffat Toffees a bha an-còmhnaidh na ghob.

Agus bha trì seòrsachan de sheòrsachan ann, mas math mo chuimhne: fear a bha a' dol sìos agus a-null agus tarsainn, air an toireadh i Right Angle Triangle, fear a bha caran air fhiaradh mar a bha bothan-chirce Seonaidh na Bantraich, air an toireadh Miss Mop Obtuse Triangle, agus fear le loidhne dhìreach a' dol gu gach taobh air an tug i Acute Triangle. Ach seo an rud a bha cudromach, thuirt i: ge bith dè an cumadh no am fiaradh a bha air an triantan, bha na h-oiseanan an-còmhnaidh aig 90° angle. Ge bith dè bha sin a' ciallachadh.

Bha seòrsa de thriantan fam chomhair fhìn a-nise a dh'fheumainn a thuigsinn. Marseille agus An Caisteal Nuadh agus Bearghdal. Iad uile ceangailte ri chèile. Agus fhios a'm deamhnaidh math nach robh an sin fhèin ach triantan am broinn triantan am broinn triantan agus mar sin air adhart gu sìorraidh chun na Trianaid mhòir air nach gabh tuigse. Ged a thuig Aonghas nam Beann e cho math 's a ghabhas nuair a roilig e cas na briogaise suas trì tursan agus a thuirt e gur ann mar sin a bha e. Trì mar Aon.

Agus cha b' ann gun adhbhar, smaoinich mi, a bha Triads aca ann a' Hong Kong is Sìona. Chan ann gun adhbhar a tha An Triantan Òir aca air an sgìre sin às am bi an opium a' tighinn. Agus a-rithist tha am Bermuda Triangle ann, far am bi soithichean a' dol à sealladh. Chaidh fear às na Hearadh – Dòmhnall Thormoid Eòghainn na h-Àirigh às an rathad an sin. Gun ghuth a ràdh air na bleigeardan an Inbhir Nis a bhiodh a' toirt An Golden Triangle air na trì àiteachan

a b' fheàrr leotha ann am Marc Innis – taigh-seinnse
an Loch Iall, am bùth-gealltainn aig Uilleam na Beinne
thall air a bheulaibh, agus am bùth-pawn aig Mac an
Tòisich air an oisean eile.

'Aye aye, big Lewisman,' mar a chanadh iad rium
uair sam bith a dh'fheumainn a dhol air patrol shìos an
sin. 'You lost in the Golden Triangle again, Constable?
Have you got your big marag with you, man?' Na
balgairean iadsan, agus mhaoidhinn orra leis a' chabar
bheag.

Bun na craoibhe. Sin an rud a dh'fheumas tu
ghearradh. Ach far a bheil na freumhan domhainn
chan fhaigh thu thuca, agus anns an t-suidheachadh
sin feumaidh tu dìreach chainsaw fhaighinn agus
a' chraobh a ghearradh cho faisg air a' bhonn agus as
urrainn dhut. Mura bheil agad ach tuagh feumaidh tu
a gearradh far a bheil i nas taine, agus mura bheil agad
ach deamhais feumaidh tu dìreach a bhith riaraichte le
gearradh nan geugan a tha a' cumail na grèine air falbh.
Ach, a ghràidh na chailleas tu. 'Oir is iomadh meur a
th' anns a' chraoibh nach fhaic na saoir gun gearrar i.'
Tha rudan toirmisgte ann air nach bu chòir dhut a dhol
faisg. An t-ubhal as àirde.

Cuimhn' a'm air mo sheanair. Athair mo mhàthar.
Dòmhnall Beag a' Bhobain. Cuimhn a'm turas a thug
e a-mach gu Eilean Ghiùrasaigh mi anns an eathar.
Clèibh aige thall an taobh sin, agus aon uair 's gun
do thilg e iad chaidh sinn air tìr. Chan e eilean mòr a
th' ann. Dìreach seòrsa de chreig, ach le cnocan beag
na mheadhan agus lagan uaine le fuaran am mullach
na creige. Agus dhìrich sinn suas agus ghabh sinn
balgam às an uisge a bha cho fionnar fuar glan, mar

gun robh thu ag òl liomaineud nach deach a chrathadh no mhìlseachadh.

Thug seanair dà ubhal a-mach às a' phocan a bh' aige. Nise, tha fhios a'm san latha a th' ann gu bheil ùbhlan mar an leth-thastan agus am bonn-a-sia. Cho pailt ri beachd, ach na làithean ud bha iad nan annas mòr. Nam faigheadh tu ubhal no orainsear aig àm na Nollaige bha thu mar Captain MacKenzie, aig an robh an taigh mòr sa bhaile agus a bhiodh a' siubhal air each a' sùghadh sheòclaidean fad an t-siubhail. Mu dheireadh thall bha e cho reamhar 's gu feumadh dà ghille-coise a thogail air.

Agus ùbhlan àlainn dearga a bh' annta cuideachd.

'Red Delicious,' thuirt mo sheanair, ged nach ann mar sin a thuirt e, ach Raid Tealeeeshious. Agus is iad bha tealeeeshious. Bha mi a' dol a shadail stoc na h-ùbhla air falbh nuair a bha mi deiseil, ach chuir e stad orm.

'Spiol an sìol,' ars esan, 'agus cuiridh sinn iad. Cò aig tha fios nach fàs craobh nan ubhal an seo aon latha.'

Agus sin a rinn sinn: seachd sìolan beaga dubha san ubhal agamsa, agus còig an ubhal mo sheanar, agus chladhaich sinn da tholl beag ri taobh an fhuarain, agus chuir sinn iad, agus gach uair a chuimhnicheas mi air an eilean a-nise chì mi an dà chraoibh ubhail nan seasamh a' fàs ri taobh a chèile a dh'aindeoin gaoth is gailleann. Agus a-nis na meanglain air gach tè a' sìneadh a-null agus suainte an gàirdein a chèile mar anns an t-seann sgeul. Bhithinn a-riamh a' feuchainn ri obrachadh a-mach dè bha rudan a' ciallachadh. Can nuair a bha mi beag agus a lìonadh mo mhàthair an coire, bhithinn a' beachdachadh an robh sin a' ciallachadh gun robh

i dol a dhèanamh poit teatha no a' goil a' choire 'son
aodach a nighe. No nuair a chuireadh m' athair a
bhonaid air. Dè bha sin a' meanaigeadh? Uaireannan,
saoilidh mi gur e sin a dh'fhàg mi nam pholasman.

Sìol is freumhan is geugan is blàth – sin na smuain-
tean a bha a' ruith tro inntinn beag Mhurchaidh.
Agus puddings. Is caomh leam deagh phudding. Eve's
Pudding agus Apple Charlotte. Ach 's e an Apple
Crumble fhèin as fheàrr leam. Sin agus custard.
Canastair Ambrosia ged a bhios i fhèin ag ràdh nach eil
custard a' chanastair math dhut, 's i fhèin ga dhèanamh
le bainne is ìm, gun mhìlseachd. O charaid, staid an
t-saoghail. Ach co-dhiù, caith cogal am measg na
cruithneachd, agus fàsaidh aon mar am fear eile. Ged
nach robh e ceart fhàgail, a dh'aindeoin 's gun tuirt
an Slànaighear fhèin leigeil leotha fàs araon gus an tig
am fogharadh. Oir nach tuirt an dearbh Shlànaighear
rinn cuideachd seasamh gu daingeann an aghaidh
an uilc? Nach do thilg e fhèin bùird luchd-malairt an
airgid thairis? Chan urrainn dhuinn dìreach galar nan
drugaichean fhàgail gu latha luain fhèin. Chan urrainn,
a charaid.

Is dòcha gu bheil mo latha air falbh. Ma bha e
a-riamh ann. Na làithean ud nuair a bhiodh mo
mhàthair a dèanamh gruth is ìm is aran is càise agus
m' athair 's mo sheanair a' tighinn dhachaigh le
giomach no dhà no mult no pìos de shitheann fèidh.
Na làithean geala. Ged a thuigeas mi glè mhath gun
deach iomadh rud fhalach oirnn cuideachd. Ach, a
Chruthaidhear, staid an t-saoghail!

Seo mo bheachd, a chàirdean, 's dèanaibh lit' no
brochan dheth – nach eil sinn air fàs càil nas miosa, ach

gu bheil an cothrom agus an comas againn barrachd cron a dhèanamh a-nise na an uair sin. Seall fhèin air an fhear a theich a Tharsas, agus seall air Niall Odhar agus Dòmhnall Cam agus Mac an t-Srònaich, agus air Clann 'ic Leòid is Clann Choinnich is Clann Dòmhnaill is gach Clann eile a' creach agus a' murt 's a' marbhadh air feadh nan sgìrean.

Ach seo an rud, cha robh aca ach an dùirn is sgein-ean is claidheamhan, an coimeas ri gunnaichean is bomaichean an latha an-diugh. Tha an cron a rèir a' chomais. Tha. Chan ionann an Capstan Full Strength ris a' chocaine a chàirdean. Chan ionann. O, tha fhios a'm glè mhath gun do bhàsaich na seòladairean ud uile aig a' cheann thall le aillse ri linn smocadh ach, passive smoking ann no às, cha do rinn iad cron ach orra fhèin. Chan ionann sin a bharrachd na phìob-chrèadha, ris am bi mi fhìn, ged nach fhaigh mi am bogey-roll fhèin san latha a th' ann. Chan fhaigh na an Scots Cake a bharrachd.

Tha mi cinnteach, a dh'innse na fìrinn, gun robh mi airson aisling nan làithean geala a dhìon a cheart uimhir agus a bha mi airson na drugaichean a stad. Aidichidh mi gum b' fheàrr leam na balaich agus a' chlann-nighean òg sin fhaicinn a-muigh air Loch na h-Eala le slat-iasgaich air neo ruith nam beann air baidhsagal seach a bhith anns na seòmraichean aca no air oir nan sràidean le snàthadan no pùdar. Tha fhios a'm gur e a' bheag-chuid a tha sin, ach grodaidh aon sgadan an crann gu lèir ma dh'fhàgas tu e a' lobhadh an sin. Aon bhò a bhristeas an gàrradh, 's a dhà-dheug a leumas. 'S e.

Big Dan. Dan Mòr. Desperate Dan, ma thogras tu.

B' esan cnag na cùise. Bha mi deimhinne às. O, tha
fhios a'm gun robh balgairean ann am Marseille agus
ann am Barcelona agus ann an Tangier agus ann an
Kabul agus anns an Òban agus anns gach àite eile a
thogras tu, ach cha b' ann sa ghàrradh agamsa bha
iadsan buileach. Crodh dhaoin' eile taobh thall na
beinne. Chan urrainn dhut ach feansa air choreigin a
chur suas 'son an cumail air falbh. Glan do starsnaich
fhèin. Balla mar a thuirt Dòmhnall Iain. Tha iad
ag ràdh gun dèan Brexit sin, ach a cheart cho math
dhut ròpa a chur timcheall Leòdhas 'son a' ghaoth a
chumail air ais.

Teans' air choreigin nam faigheadh sinn fianais is
grèim air Dan. Agus air fear na bhan aig tuath. Sin an
dithis a bha a' sgaoileadh a' ghnothaich an seo. Agus
bha fhios a'm cuideachd a cheart cho math aon uair
's gun cuireadh sinn iadsan an grèim gum biodh fo-
shaighdearan eile aca, agus aon uair 's gum falbhadh
iadsan gun èireadh gràisgean eile cuideachd. Marbh
aon mheanbh-chuileag agus nochdaidh ceud eile. Ach
chan e sin adhbhar gun feuchainn. Ma tha aon toll san
tughadh tha cheart cho math dhut a chàradh, seach a
ràdh, 'Uill, dè an diofar, oir aon uair 's gun ùraich mi
am pìos sin, nochdaidh toll eile ann am pìos eile leis
a' chiad ghèile?'

Nach e sin a bha a-riamh ceàrr oirnn? Come day
go day manana banàna, mura tachair e an-diugh
tachraidh e a-màireach, mar a chanadh am fear a bha
a' ruith a' Chrit nuair a bhiodh e gan sadail a-mach aig
deich uairean. 'Mura d' fhuair sibh gu leòr a-nochd,'
dh'èigheadh e às an dèidh, 'bidh mi fosgailte a-rithist
madainn a-màireach aig aon uair deug. First come first

served, mon amigos.' Bha e greis sa nèibhidh agus mur e 'Adios Amigo' a bhiodh aige 's e 'Anchors Away', nuair a thòisicheadh a h-uile duine seinn 'gur truagh nach do dh'fhuirich *iad* tioram air tìr'. AA am far-ainm a bh' air.

Is tric a bhios mi a' smaoineachadh mun ghille òg Duitseach ud eile a stob a' mheur anns a' bhalla agus a chuir stad air an tuil. Chan fheum thu ach aon duine glic 'son cunnart a sheachnadh. Chan fheum. Ged a bhiodh an duine sin na amadan, uaireannan obraichidh e. Seall fhèin air Aonghas nam Beann a theàrn barrachd dhaoine na ministear 'foghlamaichte' sam bith a bha a-riamh an Eilean an Fhraoich. 'O, Eilean an Fhraoich, bu chaomh leam eilean mo ghràidh.' Tha mi an dòchas gun tug sibh an aire dhan phast-tense a chàirdean, oir tha sinn a-nis far a bheil sinn, mar a chanas iad air Radio nan Gàidheal. Bu chaomh leam Prògram Choinnich. Kenny John. Bha e còmhla rium san sgoil. Bha. Balach tapaidh cuideachd. Right-hook aige a bha mighty.

Ach co-dhiù, chan eil sin uile ach anns an dol seachad. Is e an teoba bha romham fianais a thogail mu Big Dan agus fear na bhan. Is fheàrr sgadan beag na bhith gun sgadan idir. Agus chan e dìreach fianais a bheireadh gu cùirt iad a dh'fheumainn ach fianais a sheasadh. Fianais a chuireadh sgur air a' ghnìomhachas shalach aca. Oir is e sin a bh' ann. Chan e dìreach an lud a chur air a' phoit ach a' phoit a thoirt far an teine agus an sgudal a bha na broinn a shadadh dhan òtraich.

Chuimhnich mi mar a bhiodh iad a' bruidhinn a-bhos na taobhan seo mun dà-shealladh anns na seann làithean. Cha deach sin a bhuileachadh air mo leithid-

sa, ach aon rud a dh'ionnsaich mi nam pholasman an
Inbhir Nis – na creid a' chiad rud a chì thu, no a' chiad
rud a chluinneas tu, gus am faic thu no gun cluinn thu
e dà thuras co-dhiù. Agus fiù 's an uair sin fhèin bha
e doirbh cuid a rudan a chreidsinn. Ò, ghràidhein,
na seallaidhean a chunna' mi na mo latha shìos mu
Cheasaig. Aidh, two plus two always makes four, thuirt
Miss MacLennan rium san sgoil. Feumaidh nach robh
i a-riamh shìos aig an aiseag.

Dh'fheumainn falbh a-rithist, a dhèanamh cinnt-
each. Dh'fhòn mi Rodaidh, agus bha an ath chuairt
aige null gu Marseille madainn Dihaoine. Chan ann
leis a' chiad bhuille a thuiteas a' chraobh. Chan ann, a
charaid, no leis an dàrna tè.

13

Dan is Ellie

CHA ROBH CÀIL a-mach às an àbhaist air an dara cuairt. Sìos an A82 agus an M1 agus mise a' gabhail norrag tron latha agus Rodaidh le srann tron oidhche. Ged a bha i sileadh bha achaidhean Shasainn cho grinn agus a bha iad a-riamh. An ath rud tha mi cinnteach gum biodh iad air an telebhisean a' gearan mu thuiltean. Nan cumaidh iad na dìgean glan is fosgailte bhiodh iad na b' fhèarr dheth.

'Cha tig thu fada ceàrr fhad 's tha deagh spaid agus deagh ghràpa agad,' thuirt mo sheanair. Nam biodh an cumhachd agam, sin a bheirinn dha gach neach òg san rìoghachd: spaid an àite fòn-làimhe.

Bha rathaidean na Frainge mar a bha, agus a h-uile duine fhathast a' dràibheadh air taobh ceàrr an rathaid! Carson a tha na daoine sin cho rag agus cho diofraichte? Carson nach dràibh iad air taobh ceart an rathaid? Taobh clì tha mi ciallachadh, ged nach robh taobh no taobh ann nuair a bha mise fàs suas, ceart gu leòr, ach meadhan an rathaid shingilte. Agus na h-àrsairean ud eile nach stadadh uair sam bith air do shon, agus dh'fheumadh tu an uair sin revearsaigeadh mìle 'son an leigeil seachad! Luchd-turais nam mollachd, nach do dh'ionnsaich a-riamh dràibheadh ceart air na rathaidean againne. Iad nan suidh' an sin is grèim-bàis aca air a' chuibhle agus eagal an cridhe a dhol air ais mus deigheadh iad dhan dìg. Rud a nì iad co-dhiù. Tha fhios a'm oir tha cousin agam aig a bheil garaids a tha a' dèanamh an dearg-fhortan tron àrachas gan draghadh a-mach às na dìgean fad an t-samhraidh. Murdo Beag. Chan iongnadh ged a bhiodh holiday home aige ann an Sgalpaigh.

Bha na balaich a' ruith mun cuairt ann an Marseille mar a bha a' chiad turas, agus a' chailleach mhòr Fhrangach na suidhe an sin mar nach robh i air carachadh on turas mu dheireadh a bha mi ann, agus fear na cafaidh-cofaidh a' cur fàilte orm mar gun robh sinn air seòladh còmhla air na whalers gu South Georgia iomadh turas. Cha robh sgeul air mèirleach nan uighean, ge-tà. O, agus bha am fear reamhar ud eile a-rithist aig deasg a' chusbainn agus a' gabhail giomach agus botal Talasgair eile bho Rodaidh. Chan iongnadh ged a bhiodh e somalta.

Cha robh càil a-mach às an àbhaist nuair a ràinig sinn An Caisteal Nuadh a bharrachd. Mar a' chiad turas, choinnich Dan fhèin rinn, tràth sa mhadainn, agus thog na gillean a bha ag obair dha gach gnothaich a bha sinn air tighinn air ais leis à Marseille a-steach dha na cùiltean. Seo an t-àm, thuirt mi rium fhìn, a bhith dha-rìribh mothachail. Seo an t-àm faicinn càit an robh na gnothaichean a thog sinn a' dol, agus faicinn dè bha tachairt dhaibh.

'Bi nad amadan,' thuirt mi rium fhìn.

Chan eil e cho furasta a dhèanamh nuair a dh'fheumas tu. Ò, tha fhios a'm glè mhath gu bheil e furasta gu leòr a bhith nad amadan gu nàdarrach, ach 's e gnothaich eile a th' ann a dhèanamh a dh'aona-ghnothaich. Tha e mar feuchainn cadal nuair nach urrainn dhut. Mar as motha de chaoraich air an dèan mi cunntas 's ann as motha a chì mi a' mèilich air feadh a' mhonaidh. Canaidh mi seo ribh: chan eil amadan sam bith amaideach gun adhbhar. Seall fhèin air Gilleasbaig Aotrom anns an Eilean Sgitheanach a bha cho gòrach gun robh e glic. Le sin, thuirt mi ri Dan, 'À, uill, a dhuine. Abair àite is obair a th' agad an seo. Chan fhaca mi a-riamh a leithid. Saoil 'eil teansa sam bith am pròiseas – nach e sin a chanas iad na làithean seo – a shealltainn dhomh?'

Cha b' e ruith ach leum! Oir tha pròis anns gach duine, agus aon uair agus gu mol thu iad seallaidh iad dhut gach nì a th' aca ged a bhiodh e falaichte fo bhonn na leapa. Bha poit òir aig Seasag Bheag fon leabaidh agus bhiodh na balaich ag ràdh nach robh agad ach tadhal oirre agus rudeigin a ràdh mu cho prìseil agus a bha an t-òr anns an latha a bh' ann, agus sìos a ruitheadh i ga shealltainn dhut, a' dòrtadh na bha na bhroinn air falbh ann am peile sa chlòsaid air an rathad a-nuas. Dare a bh' ann aig balaich a' bhaile, ged nach do rinn mise a-riamh e. Poit a thug a seanair air ais à Malaya uaireigin a rèir nam balach. Càil a dh'fhios càit a bheil e a-nise, mura bheil e ann an Taigh-tasgaidh nan Eilean còmhla ri fir-tàileisg Leòdhais.

Ach bha Dan mar Sheasag agus mar a h-uile duin' againn, agus aon uair agus gun do mhol mi e agus an obair iongantach a bha e a' dèanamh, thuirt e rium,

'Come with me and I'll show you.'

'Thuirt an luchag às an toll ciod e d' fhonn a chait ghlais', mar a bhiodh sinn a' seinn aig a' Mhòd ionadail nuair a bha mi beag. Bhithinn fhìn agus Aonghas Iain a' dèanamh duet air 'Ho-rò na piseagan.' Sheinninn-sa 'Is iomadh rud a chunnaic mi,' agus an uair sin Aonghas Iain 'Is iomadh rud a rinn mi,' gus an tigeadh sinn còmhla aig a' cheann thall le 'A-muigh air feadh na h-oidhche.' Làithean sona is làithean geala.

Ach co-dhiù no co-dheth, thug an luchag a-steach dhan toll mi. Bha seada mhòr ann an toiseach far an robh a h-uile gnothaich a bha air tighinn à Marseille a' laighe sgaoilte air an làr. Air cùlaibh sin, bha grunn sheadaichean na bu lugha. Fir aig beingean ag ùrachadh ghnothaichean air innealan-sàbhaidh is innealan-gearraidh is ùird is gilbean is eile. Clogaidean sàbhailteachd orra uile agus lasairean a' tighinn às gach inneal-wealdaidh.

'Vintage is good,' thuirt Dan, 'but sometimes you need to repair things so that they're more distressed than they ever were in the first place.'

Nach tu a thuirt e, bhalgair, shaoil leam.

Saoil an e sin an t-adhbhar a bha e a' bearradh a' chinn mar bhàlla-snucair? A' coimhead nas vintage na bha e.

Agus an uair sin chunna' mi i. Portacabin a-muigh aig a' chùl agus boireannach bàn aig an doras.

'My partner,' thuirt Dan. 'Ellie.'

'Mo fartner, mar a chanas sinn sa Ghàidhlig,' thuirt mi ris, agus rinn e gàire.

'Ha! Dh'obraich thu mach e?'

'Chan eil e duilich. Faodadh tu an Sgitheanach a

thoirt às an eilean, ach…'

'Ged nach robh mi a-riamh ann. Chaidh mo bhreith 's mo thogail an seo, taobh South Shields. Ged a bha mo mhàthair às an eilean. Cha do dhìochuimhnich i sin a-riamh.'

Thuirt e sin mar gum b' e peanas a bh' ann.

'Tha cuid de dhaoine mar sin,' thuirt mi. 'An-còmhnaidh a' coimhead air ais seach air adhart.'

Bha e cheart cho doirbh an aois aig Ellie a thomhas agus a bha e an aois aig Dan fhèin. Mun dà fhichead, shaoil leam. Ach cho bàn ris a' chù a sheinn 'òbhan òbhan' na latha. Ged nach robh froca geal oirre, cha robh teagamh agam nach b' ise an ceamast (ma chuireas mi mar sin e) a bha a' deisealachadh an stuth ann am pacaidean beaga, far an robh i. Of course, chan e ise a bha ga dhèanamh: bhiodh an stuth fhèin a' tighinn à diofar àiteachan, ach seo far am biodh ise ga rèiteachadh ann am bagannan beaga. Dìreach mar a bhiodh Peigi Bheag a' sortadh am pick 'n' mix ann a' Woolies air Cromwell Street.

Sheall Dan agus i fhèin an t-àite dhomh. Inneal-fuaigheil air aon deasg, agus bogsaichean beaga tiona sgaoilte mu thimcheall air an robh sgrìobhte 'Thimbles', 'Spools', 'Nylon,' 'Pins' agus mar sin air adhart. Deasga eile air an robh tè dhe na h-innealan vintage ud anns an cuir thu seann sgillinn agus taomaidh jelly-babies a-mach às, agus air an deasga sin tionaichean beaga eile air an robh sgrìobhte 'Mints', 'Holiday Selection', 'Black Jacks' 'Cola Cubes' is eile. An uair sin deasg eile air an robh seann phasganan toitean is siogàrs dhe gach seòrsa, 'Havana', 'Capstan Full Strength,' 'Players'. Na dearbh thionaichean beaga brèagha a thug mi do fhear nan tiops shuas ri taobh an A9.

'Fèill mhòr air na seann chrogain sin,' thuirt Dan.

'Chan eil iongnadh,' arsa mise, 'oir tha iad cho brèagha. Chan fhaigh thu obair-làimhe cho grinn na làithean seo. Chan fhaigh, 's a h-uile gnothaich air a dhèanamh le machine. Chan ionann an dà rud idir. Chan ionann.'

Agus an uair sin thuirt Ellie rudeigin ris. A-nise, tha fhios a'm nach mi an tairsgeir as gèire sa pholl-mhònach, ach aon uair 's gun do bhruidhinn i, chuir mi dhà ri dhà agus rinn mi ceithir dheth ann an làrach nam bonn, mar a theagaisg Miss MacLennan dhomh ann an Clas 2. Rinn an fheadhainn eile e uile ann an Clas 1, ach dè an diofar, oir ghlac mi suas riutha aig deireadh an latha, dìreach mar a rinn an t-seilcheag air a' gheàrr.

Is beag an fheum a rinn e dhaibh co-dhiù a bhith romham aig an toiseach, oir dè rinn iad uile dhem beatha ach obair dhan chounty le spaidean nan làmhan a' cladhach dhìgean an rathaid mhòir fhad 's a bha mise nam dheise spaideil a' caismeachd suas is sìos Sràid na h-Eaglais an Inbhir Nis. Sìos Sràid na h-Eaglais, tarsainn Geata na Banrigh, suas Sràid Acadamaidh agus a-null an Àrd Shràid, agus air ais sìos Sràid na h-Eaglais. Dhèanainn nam chadal e, agus is tric a rinn.

Ach 's i bh' ann. Cha robh teagamh agam mun a sin. An tè bhàn. An aon tè bhàn a chunnaic mi, no chuala mi co-dhiù, ann am Marseille. 'Tè bhàn tè bhàn tè bhuidhe bhàn, tè bhàn a rinn mo bhuaireadh'.

Bha Rodaidh còmhla rium, agus le sin bha fhios a'm, nuair a thigeadh an latha, gum biodh fianais cinnteach agam co-dhiù. Ach, a chàirdean, chan eil Murchadh – Murdo Mhurchaidh 'ic Mhurchaidh Bhig 'ic Alasdair 'ic Iain 'ic Mhurchaidh Bhig cuimhnichibh – cho slac ri sin.

Chan eil Poilis a' Chinn a Tuath, mar a bh' ann, a-nise ann oir gu bheil riaghaltas nam mollachd air ar ceangal le na feachdan eile agus air Poilis Alba a thoirt oirnn, mar gum b' e sgiath eile dhen Phàrtaidh Nàiseanta a bh' annainn, oir bha iadsan air camara a thoirt dhomh. O, chan e camarathan mar a chanas Àrd-Inspeactar Reynolds a dh'ionnsaich a' Ghàidhlig nuair bha e fhèin na chonastabal ann an Leòdhas, ach camara ceart. Fear beag falaichte didseatach a bha a' togail a h-uile nì a bha mi a' cluinntinn agus a' faicinn, ged a dh'fheumainn an-còmhnaidh cur nam chuimhne fhìn a chur dheth nuair a dheighinn dhan taigh-bheag.

Ach bha an camara beag seo falaichte na mo bhonaid bhobain, nach bi mi a' toirt dhìom a latha no dh'oidhche, ged a bhios i fhèin a' gearan. Bidh mo chousin Murdina a' dèanamh nam bonaidean dhomh, agus a' cur tè ùr thugam a h-uile Nollaig. Tha mi a' faireachdainn tèarainte nuair a bhios i orm, mar gu bheil dìon, mar ad a' Mhetropolitan, a' tighinn eadar mi agus pàrtaidhean mòra an t-saoghail. Tha a' bhonaid mar phlaide bheag mum cheann gam chumail blàth agus sàbhailte. Tha i gorm, oir is caomh leam an dath sin. Chan eil aon iongnadh gum biodh an ad an-còmhnaidh air Dixon of Dock Green. Agus chan eil aon iongnadh a bharrachd gu bheil a h-uile gaisgeach as aithne dhomh anns na h-eileanan gaolach an-còmhnaidh air an sgeadachadh ann an overalls agus le bòtannan. Tha iad gad fhàgail deiseil is deònach airson nì sam bith.

Seall fhèin ma tha thu a' dràibheadh seachad agus

chì thu caora no bò steigte ann an dìg, ma tha colair is taidh ort, cuiridh mi geall dhut gun dràibh thu seachad, ach ma tha na dungarees agus na bòtannan ort, mach leat agus tha cobhair aig na creutairean bochda san spot. Air neo can gun tig sgioba telebhisein no daoine mar sin agus ma chì iad duine le chinos agus lèine-t agus cuideigin le overalls agus bòtannan agus bonaid bhobain, thig iad thugad san spot a dh'iarraidh do dhealbh agus do bheachd. Is tric a thachair e dhomh, agus chan eil turas nach do thachair e nach tug iad £20 dhomh an aghaidh sin a tha gam chumail ann an tombaca gun sgillinn chosgais dhòmhsa. Seall a-nise, a chàirdean, chan eil Murdo cho gòrach idir!

Tha an camara beag air fhighe a-steach dhan bhonaid agam, agus ged a b' e Inspeactar Clouseau fhèin a bh' unnad cha dèanadh tu a-mach gu bràth gun robh a leithid ann. Sheall iad dhomh air latha-trèanaidh san Òban mar a tha an camara ag obrachadh, ged nach eil dìomhaireachd mhòr sam bith ceangailte ri sin. Tha App air, agus sin a' biadhadh nan dealbhan air ais gu HQ an Inbhir Nis, air eagal 's gun tachair càil a-mach às an àbhaist dhomh fhìn. Fhios agaibh, caran mar am pìos ud ann an Seumas Bond nuair a dh'fheumas Seumas a h-uile rud a spreadhadh ma tha cunnart ann gum faigh an nàmhaid grèim air a' chamara aige. Bha an latha-trèanaidh aig Taigh-Òsta Cholumba san Òban agus dh'fhaighnich mi dhan fheadhainn a bha a' ruith a' chùrsa am feumadh detonator no grenade beag a bhith agam 'son latha na h-èiginn, ach choimhead iad orm mar gun robh mi às mo rian agus thuirt iad gur e àm lòin a bh' ann agus chaidh sinn uile sìos gu Norrie's airson adag is tiops. Agus is iad a bha math.

Mar sin, bha mi gu math relaxed, mar a chanas iad. Oir chan e a-mhàin gun robh fianais Rodaidh agam, ach fhios agam gun robh mo bhonaid ghorm bobain a' clàradh a h-uile rud. Chan e nach do mhothaich Big Dan gun robh a leithid air mo cheann. O, mhothaich. Chan e an camara, tha mi a' ciallachadh, ach a' bhonaid. Agus ciamar nach mothaicheadh agus e fhèin, mar a thuirt mi, cho maol ri Cinn Tìre fhèin, agus dheidhinn an urras gun dèanadh e fhèin deagh fheum air bonaid bhobain nuair a bhiodh i fuar.

'Is toigh leam do bhonaid,' thuirt esan, agus dh'aithnich mi an cunnart sa bhad. Cunnart gum faighnicheadh e am b' urrainn dha a feuchainn, agus nam feuchadh, bhiodh an ceòl air feadh na fìdhle. Thàinig smuain thugam. Oir uaireannan thig. Saoil nan toireadh sinn bonaid bhobain dha mar thiodhlaic, le camara na bhroinn, nach faigheadh sinn a-mach a h-uile rud mu dheidhinn an uair sin? Ach cha b' ann an-dè a rugadh Murdo, oir chithinn sa bhad an duilgheadas ceangailte ri sin. Mhothaicheadh e gun robh camara na broinn a' chiad turas a ghlanadh e a' bhonaid, agus mhilleadh sin a h-uile rud. Ged as dòcha gur e fear dhen fheadhainn sin a bh' ann, cleas Raghnaill Bhig aig an taigh, nach biodh a' glanadh bonaid no briogais no bòtannan no bobhla no eile uair sam bith. Ged nach robh choltas sin air Desperate Dan agus a h-uile rud a bh' air cho glan ri bonn leth-chrùin, agus a h-uile stiall a bh' air air an iarnaigeadh gu sgiobalta.

'Tha i blàth,' thuirt mi, air m' fhaiceall. 'Bidh mi fàs fuar, agus mhol an dotair dhomh mo cheann a chumail còmhdaichte an-còmhnaidh.'

Cha robh mi airson càil a ràdh mu dheidhinn a chinn mhaoil fhèin, oir tha daoine gu math frionasach mu dheidhinn rudan mar sin san latha a th' ann. Cò mise a ràdh ri duine sam bith gum bu chòir falt a bhith air, no gum bu chòir dha bhith mar siud no mar seo. Ach a dh'aindeoin sin, bha mi cho dàn agus gun tuirt mi,

'Tha iad math sa gheamhradh.'

Oir bha sin an uair sin ga fhàgail fosgailte aigesan.

'Tha, gun teagamh,' ars esan, 'ach fàsaidh duine cleachdte ri rud sam bith. Teas. No fuachd.'

'Gun teagamh,' arsa mise. 'Gun teagamh.'

14

Bhan nan Tiops

CHAIDH MI GU HQ an Inbhir Nis nuair a thill mi gu tuath. Oifis bheag aig Poileas Alba (cheart cho math dhomh bhith foirmeil) shuas an staidhre air Sràid a' Chaisteil. Dìreach slatan bhon Chastle Snacker far am biodh Tormod Mòr agus mi fhìn a' gabhail biast de bhracaist às dèidh sioft na h-oidhche. Seòrsa de mhixed-grill a bh' ann: a dhà no thrì isbeanan agus a dhà no thrì de shliseagan math hama agus dà ugh air am fraidhigeadh (uaireannan bhiodh latha mòr ann nuair a gheibheadh tu ugh le dà bhuidheagan) agus uinneanan is tomàtothan agus balgain-buachair agus chop is pìos grùthain is pònairean, is 'some of our special crinkle-cut chips on the side' mar a chanadh a' chailleach a bh' air cùl a' chunntair.

Agus is iad a bha math ged a bha sin an-còmhnaidh ag adhbharachadh deasbad eadar mi fhìn 's Tormod, oir b' fheàrr leis-san an sabhs dearg còmhla riutha ged nach robh – agus nach eil – aon teagamh agamsa nach robh iad fada na b' fheàrr leis an t-sabhs dhonn. By appointment to Her Majesty The Queen. Yes, Sir!

An HP. A' seasamh airson horsepower, oir aon uair 's
gun gabh thu e tha cumhachd an eich às do dhèidh,
chanadh Tormod Mòr. Agus nach ann agam a bha fios
agus agam ri coiseachd ri thaobh sìos is suas sràidean
Inbhir Nis, man.

Co-dhiù, dh'fhalbh na làithean sin oir tha
an fheadhainn a tha ag obair aig HQ uile nan
glasraichearan. Cha tig iad faisg air hama no chops
no fiù 's am botal HP fhèin, ged a sheall mi dhaibh
cliathaich a' bhotail a tha ag ràdh, cho soilleir ri
soilleir, No Artificial Colours, No Artificial Flavours,
No Artificial Preservatives agus – seo an rud – Suitable
for Vegetarians. Ma-thà, tha mi 'n dùil chanadh iad,
nan tuigeadh iad a leithid, agus iad nan suidhe an sin
le botail ath-nuadhachail uisge agus pìosan beaga de
lof dhonn is rud ris an can iad hummus sgaoilte orra.
Tha nas fheàrr na sin ann: quorn agus na h-isbeanan
aig Linda McCartney, mar eisimpleir. O ghràidh ort,
'yesterday all my troubles seemed so far away'.

Thug mi dhaibh an camara a-mach às mo bhonaid
bhobain, oir ged a bha cuid dhe na dealbhan aca, bha
iad airson a dhownloadaigeadh uile mar fhianais. Agus
bha e cho àraid suidhe an sin còmhla ris an sgioba os
cionn a' Chastle Snacker a' coimhead air na dealbhan
à Marseille agus às A' Chaisteal Nuadh. A' chailleach
reamhar ud aig an deasg, agus fear na cafaidh-cofaidh,
agus an uair sin Big Dan agus Ellie agus na bogsaichean
beaga àlainn neoichiontach a bha a' nochdadh air an
sgrìn an-dràst' 's a-rithist a rèir mar a ghluaisinn.

'Feumaidh tu a bhith nas gleusta mar a ghluaiseas
tu,' thuirt an tè a bha os cionn an sgioba rium. 'Seall
– nam biodh tu air gluasad mu shlat chun an taobh

chlì agus do cheann a thogail beagan, bhiodh sinn air dealbh na b' fheàrr fhaighinn air a h-uile gnothaich a bh' air an deasga. Mar a tha e, chan fhaic sinn ach bloigh an siud agus bloigh an seo, agus leis mar a tha thu gogadh agus a' crathadh do chinn tha na dealbhan a-mach à fòcas tòrr dhen ùine,' thuirt i.

Mar nach robh an còrr agamsa ri smaoineachadh mu dheidhinn aig na h-amannan deuchainneach ud ach cà' robh mo chasan nan seasamh agus dè an suidheachadh anns an robh mo cheann. Bhiodh e gu math mì-nàdarrach dhomh bhith nam sheasamh mar stoc-craoibhe fhad 's a bha Big Dan no Ellie no neach sam bith eile bruidhinn rium, agus thuirt mi sin riutha.

'Agus nach fheum mi mo cheann a ghluasad,' arsa mise, 'airson sealltainn dha na daoine ris a bheil mi a' bruidhinn aig an àm gur e duine nàdarrach àbhaisteach a th' annam?' Thug iad sùil orm mar gun robh mi às mo rian.

'Cuiridh sinn air cùrsa thu,' thuirt iad rium.

Ghlan agus dh'ùraich iad an camara agus dh'fhuaigheal iad air ais e dhan bhonaid bhobain agam, às dèidh am boban a ghlanadh ann an inneal beag a bh' aca san oisean. Seòrsa de mhicrowave. Bogsa blàthachaidh nam boban. Meanbh-àmhainn, mar a thuirt mo chousin rium turas a bha e a' teasachadh Super Noodles. Mo chousin Dòmhnall agus ceum aige à Colaiste a' Chaisteil. Ann an Leasachadh Dùthchail. Agus a-mach leam suas a dh'fhaicinn fear na bhana ri taobh an A9, faisg air Bearghdal.

Bha e an sin, mar bu dual. Na shuidhe ann an sèithear cofhurtail canabhais taobh a-muigh na bhan, oir is e feasgar blàth bh' ann agus cha robh duine air tighinn fhathast a dh'iarraidh tiops, ged a bha an t-inneal ice-cream aige a' dol 'mu chuairt 's mu chuairt, a dhòtamain bhig'.

À, Chruthaidhear, cho dèidheil agus a bha sinn air Dòtaman. Cuimhn' a'm gach feasgar às dèidh na diathaid shuas aig Oifis a' Phoileis faisg air an Ràthaig Mhòr mar a shuidheadh buidheann againn a' gabhail na pudding agus ga choimhead. Tòrr Ghàidheil anns a' phoileas aig an àm ud – Lachaidh MacDhùghaill à Ath Tharracail, agus grunn dhe na Siaraich mhosach – Tomaidh is Seonaidh Beag is Iain – agus balaich chrosta eile a-nuas à taobh Gheàrrloch, agus Mòrag Mhòr à Uibhist a Tuath, ach nuair a thigeadh Donaidh air a' bhogsa bhiodh iad uile a' socrachadh sìos mar chlann bheag ann an cròileagan agus ga choimhead. Chòrd na h-òrain riutha, agus an còrr dhen latha cha chluinneadh tu ach 'dù-rud-a-dud aige is glumagan de cheò às' air feadh nan trannsaichean nuair a ruitheadh iad seachad ort a' dèanamh air èiginn no eucoir air choreigin.

'À!' arsa fear na bhan, ''S tu fhèin a th' ann. Cha robh dùil a'm ri delivery an-diugh.'

'O, chan eil delivery agam,' arsa mise. 'Bha mi dìreach a-muigh air spin agus bha nòisean agam leantainn na b' fhaide tuath.'

'Uill, a charaid, thàinig thu dhan àite cheart,' ars esan, a' gluasad às an t-sèithear a-steach dhan bhan.

'Nach gabh thu ice-cream? Magnum? Gelato? Mr Whippy? Cornetto? Còn? Tuba? Topping?'

'Dìreach ice-lolly,' thuirt mi ris.

Ach cha robh stad air an duan aige.

'Twister? Toffee Crumble? Lemonade? Bubblegum? Orange? Le Flake?'

Bha e air mo chur truillidh le farsaingeachd an taghaidh.

'Mint chocolate chip,' thuirt mi ris. 'Ann an còn. Dùblaichte. Le Flake.'

Oir feumaidh duine saorsa an dràsta 's a-rithist.

'No probs.'

Agus 's e bha math.

'Nach eil i caran blàth,' ars esan fhad 's a bha mi a' gabhail na reòiteig, 'a' gabhail sin le bonaid ort?'

'Tha an reòiteag gam fhuarachadh,' thuirt mi ris, oir b' e sin an fhìrinn.

'Fhios agad air a seo,' thuirt mi ris aon uair agus gun do chrìochnaich mi mo reòiteag, 'a-riamh on a bha mi nam phàist' bha mi ag iarraidh seasamh a-staigh ann am bhan nan reòiteagan? Saoil…?'

'O dhuine, gun teagamh,' ars esan. 'Nach e sin m' obair? Aislingean a choilionadh. Nam biodh fhios agad an toileachas a tha e a' toirt dhomh nuair a chì mi pàiste a' tighinn a-nuas agus a shùilean laiste, coimhead air adhart ri reòiteag. Suas leat,' agus stiùir e suas mi air na steapaichean aig a' chùl.

Bha e mar uamh an òir. Chan fhaighinn seachad air cho dathach agus a bha e. Suiteis agus sanasan dathach dhe gach seòrsa a' còmhdachadh nan sgeilpichean agus nam ballachan. Bhan sgiobalta a bh' ann. Bha i mar an Tardis – a' faireachdainn fada nas motha na broinn na bha i a' coimhead bhon taobh a-muigh. Bha na reòiteagan agus na suiteis air aon taobh agus stòbha bheag is fryer is sionc air an taobh eile. Trì pocannan mòra de bhuntàta air an làr aige an sin, agus reothadair ri thaobh far am biodh e a' cumail an èisg agus an còrr, tha fhios.

Cha do chòrd coltas a' bhuntàta rium. An fheadh-ainn shleamhainn gheal sin às nach eil blas sam bith.

''Eil am buntàta math?' dh'fhaighnich mi dha.

'Nì iad a' chùis,' ars esan. 'Tha iad saor. 'S ann às an Eilean Dubh a tha mi bho thùs, ged a ghluais sinn na b' fhaide tuath nuair a bha mi san àrd-sgoil, agus tha fhios a'm glè mhath dè th' ann an deagh bhuntàta. Tha na Maris Pipers an-còmhnaidh math, agus na King Edwards. Agus na Kerr's. Ach tha mi a' faighinn iad seo air leth-phrìs o charaid. Agus chan eil e gu mòran diofar co-dhiù dhan fheadhainn a bhios gan ithe, gu h-àraid air an oidhche. Aon uair agus gum fraidhig thu rud tha e doirbh an diofar a dhèanamh a-mach eadar adag is cudaig no eadar buntàta 's banàna. Gu h-àraidh nuair a tha iad air tè mhòr a ghabhail. Agus feumaidh duine beòshlaint a dhèanamh, nach fheum? Feumaidh duine sgillinn a dhèanamh 'son a bhith beò?'

Fhad 's a bha e a' bruidhinn bha mi a' gluasad mo chinn leis a' bhonaid bhobain timcheall cho math 's a b' urrainn dhomh, feuch an clàrainn gach nì a bha san fhollais. Gu h-àraid preas beag a bh' aige an cùl na bhan far an robh na siogaraits agus na bogsaichean beaga àlainn 'son nan siogàrs. Mhothaich e gun robh mi coimhead orra.

'Cha chreid thu,' ars esan, 'na tha de dhaoine a' smocadh fhathast. A dh'aindeoin gach rabhadh slàinte is eile, tha iad fhathast a' tighinn an seo a dh'iarraidh a' phuinnsein sin. Na fir sin. Canaidh iad ri na mnathan gu bheil iad a' dol a-mach air chuairt a dh'fhaighinn iasg is tiops. O, gheibh iad sin ceart gu leòr, ach aig an aon àm togaidh iad pacaid thoitean. Eadar mi fhìn 's tu fhèin,' ars esan, agus e a' priobadh na sùla, 'tha iad uile duty-free! Nach tu fhèin a thug thugam iad an turas mu dheireadh? Dè an diofar, prothaid bheag a dhèanamh an siud agus an seo? Feumaidh duine bochd beòshlaint a dhèanamh. Nach eil sporan mòr gu leòr aig an t-Seansailear co-dhiù? Agus cò air a tha e ga chosg co-dhiù ach air puirt-adhair agus rèilichean ùra agus air an caraidean fhèin shìos an sin an tòn Shasainn? Mar an donas a' càineadh a' pheacaidh.'

O Thì bheannaichte, smaoinich mi, nach math gu bheil a h-uile facal a tha e ag ràdh air a chlàradh. Chan e gun robh mo laochan càil nas fheàrr no nas miosa na duine sam bith eile. Faodar an t-òr fhèin a cheannach tuilleadh is daor. O, tha mi air sin ionnsachadh thairis nam bliadhnachan, gun teagamh, a chàirdean. Nam biodh ar smuaintean agus ar briathran air an clàradh, a bhròinein, cha sheasadh duin' againn. Cha sheasadh. Tha smuaintean na caillich chrùbaich a cheart cho toinnte ri smuaintean an rìgh. Tha, bhròinein, tha. Tha aice ri smaoineachadh mun bhrochan, dìreach mar a th' aigesan ri smaoineachadh mun bhlàr.

Bha mi ag iarraidh coimhead sa phreas aige.

'O, dhuine,' thuirt mi ris. 'Nach àlainn na seann chanastairean a tha sin? Am faod mi sùil a thoirt orra?' Agus dh'fhosgail e cnoc an t-sìthein. Na bogsaichean beaga brèagha uile an sin nan sreath, leis an stuth draoidheil nam broinn. Fear airgeadach le Ogden's Snuff sgrìobht' air, fear eile le Rumney's Peppermint Snuff. Fear orains le Wills Cut Golden Bar Tobacco air agus fear dearg le Murray's Mellow Smoking Mixture. Bha mo bonaid bhobain gan clàradh uile airson an latha.

'Look but no touch,' thuirt e fhèin, ged nach bithinn

air làmh a chur orra a-muigh no a-mach. B' e na fingerprints aigesan a bha mi ag iarraidh orra, chan e làrach nan crògan mòra agamsa.

'Làmhan ort mar spaidean,' thuirt am Moireasdanach Mòr rium turas, agus cha robh mi a-riamh cho moiteil.

Cheannaich mi poca tiops bhuaithe ge-tà, mus do dh'fhàg mi. Agus taigeis gheal. Tha mi dèidheil air taigeis gheal, gu h-àraidh ma tha i spìosrach. Rud a bha. Ach brùchd no dhà, agus dè an diofar. Sìos leam (air ais) air an A9 leis a' bhonaid bhobain gu HQ, far an do dh'fhàg mi i aig na h-oifigearan. Chuir iad steigear oirre ag ràdh 'Property of HM government,' mar nach robh mo chousin Murdina air a fighe dhomh sa chiad àite. Chuir mi invoice thuca ge-tà airson £12.99, ach tha mi fhathast a' feitheamh airson na seic, a chàirdean. Tha cuibhlichean a' cheartais a' dol timcheall gu mall gun teagamh.

15

Am Moireasdanach Mòr

'RINN THU TEOBA mhath dheth a Mhurchaidh allright,' thuirt Tormod Mòr rium nuair a fhuair mi air ais dhachaigh. Àrd-Inspeactar Morrison 's e bu chòir dhomh ràdh, oir ged tha mi cho eòlach air agus an sgadan leis a' bhuntàta, is fheàrr dhomh urram na dreuchd a thoirt dha gun teagamh. Cha b' e a cheannach a rinn e.

'Tha deagh chuid dhen fhianais againn a-nise,' ars esan, 'taing dhan bhonaid bhobain agad.'

Rinn e gàire.

'Uill, chan eil mi ciallachadh gur e a' bhonaid bhobain a rinn an obair leatha fhèin, oir dè as fhiach bonaid gun cheann?'

'No ceann gun bhonaid,' arsa mise.

'Tha na h-urraichean mòra air an fhianais dhidseatach agad a dhownloadaigeadh a-nise Mhurchaidh, agus chan eil mòran air fhàgail ach na bleigeardan a chur an grèim.'

Stad e 'son mionaid.

'Suidh,' thuirt e rium an uair sin, agus shuidh mi.

Oir ged as e an seasamh as motha, is e an suidhe as
ciallaiche do dhuine m' aois-sa. Carson a sheasadh
duine mas urrainn dha suidhe.

'Copan teatha?'

Feumaidh gun robh an rud serious, oir is ann glè
ainneamh a bheireadh Àrd-Inspeactar Morrison
copan teatha dhut. Agus is ann nas ainneimh buileach
a dh'iarradh e ort suidhe sìos. Air duty co-dhiù. O,
neo-ar-thaing nach dòrtadh e an teatha sìos d' amhaich
aig cruinneachadh sam bith no mar sin, ach nuair a
bha an t-èideadh air chan fhaca tu a-riamh duine
cho foirmeil. Mar gun robh na brògan mòra agus
a' bhriogais dhubh agus an crios agus an taidh agus an
ceap ga shòlamachadh. Mar bu chòir, tha mi cinnteach,
oir is e an t-èideadh an duine. Is e. Ged nach e an duine
an t-èideadh. Oir is e sin dùbhlan a' pholasmain gach
latha: èideadh a chur air, ach e fhèin fhàgail aig an
taigh.

Ghabh mi balgam às an teatha. Bha tiona bhriosg-
aidean aige air an sgeilp àrd agus chunnaic e mi
a' coimhead suas air an tiona.

'Ginger nut, a Mhurchaidh?' dh'fhaighnich e.

'Mas e do thoil e,' thuirt mi, mar gun robh mi air
ais sa bhun-sgoil agus Catrìona Dhùghaill Sheumais
air cùl a' chunntair sa chanteen, 's cha toireadh i spàin
mince no spàin semolina dhut gun 'Mas e ur toil e,'
agus 'tapadh leibhse,' aon uair agus gun càrnadh i iad
air an truinnsear. Is i bha còir: na faighnicheadh tu dhi
airson buntàta (mas e ur toil e) siud còig no sia dhiubh
air do thruinnsear, agus an custard, a bhròinein, bha
e mar an Cuan Siar fhèin sa bhobhla – gun cheann no
gun chrìoch, subhailcean mòra fleòdradh air ais agus

air adhart gun chnap na lùib. Cheart cho math dhut òl.

'Seo an rud, a Mhurchaidh,' thuirt Am Moireasdanach an uair sin. 'Feumaidh sinn do chur fo chasaid. Accesory after the crime. A' giùlan dhrugaichean mì-laghail eadar An Caisteal Nuadh agus A' Ghàidhealtachd. Gun ghuth a ràdh eadar Marseille agus Sasainn. Thu fhèin agus Rodaidh. Ged nach eil fianais gu leòr againn air a sin. Ach tha, no bidh, air an ruith eile.'

Uill, uill, thuirt mi rium fhìn. That's a turn-up for the books. Cha robh dùil agad ri sin, a Mhurdo Mhurchaidh 'ic Mhurchaidh Bhig 'ic Alasdair 'ic Iain 'ic Mhurchaidh Bhig, an robh? Abair nàire is tàmailt is dè chanadh d' athair is do mhàthair agus Aonghas Beag do sheanair agus do sheann nàbaidh Ciorstaidh Dhòmhnaill Uilleim? O, thogadh iad thu suas air beulaibh a' Chruthaidheir gun teagamh, oir cha robh cobhair eile ann an staing mar sin ach bho na h-àirdean fhèin.

'Tha mi ciallachadh,' thuirt e, 'gur e sin a thachras. Chan eil e a' tachairt an-dràsta, oir dh'fheumadh an uair sin oifigear eile a bhith còmhla rium agus an rud a bhith foirmeil agus innse dhut gum biodh rud sam bith a chanadh tu bho seo a-mach air a chur sìos mar fhianais, agus is dòcha air a chleachdadh nad aghaidh – mar tha fhios agad fhèin a charaid – ach chan e sin a tha mi a' dèanamh. Dìreach a' toirt rabhadh dhut.'

Mar sheòrsa de accessory before the crime, smaoinich mi? Is dòcha gun robh mi ann an seoc, oir dh'fhaighnich mi a' cheist cho sìmplidh,

'Carson?'

'Carson? Carson?' thuirt e a-rithist, le gàire. 'Airson

do dhìon, a Mhurchaidh. Smaoinich fhèin air nan toireadh sinn Desperate Dan agus fear na bhan an grèim – MacAoidh a th' air – Harry MacKay – smaoinich fhèin air na caraidean a th' aca, a bhiodh fhathast saor. Smaoinich, a Mhurchaidh, air mar a dh'obraicheadh iad a-mach cò bhrath iad, agus cò thog fianais nan aghaidh... thusa, charaid... agus smaoinich air na dh'fhaodadh na daoine olc sin a dhèanamh air do leithid a Mhurchaidh. Smaoinich.'

Bha e smaoineachail ceart gu leòr.

'Le sin,' ars esan, 'tha e cheart cho math dhuinn thu fhèin agus Rodaidh agus na delivery-boys eile a chur an grèim cuideachd aig an aon àm. One fell swoop, mar fhaoileag a' tuiteam air poca tiops. Cha bhiodh amharas orra. Uill, cha bhiodh uimhir co-dhiù.'

'Ach na dealbhan,' thuirt mi. 'Na dealbhan bobain. Nach bi e soilleir dhaibh sa chùirt gur ann bhon bhonaid bhobain agamsa a chaidh an togail?'

'Na gabh thusa dragh mun a sin,' thuirt esan, 'bidh sin uile dìomhair. Fianais a' chrùin a thèid a thoirt seachad ann an dìomhaireachd.'

'Agus binn?' arsa mise. 'Am faigh mi am prìosan? Mi fhìn 's Rodaidh?'

'Bidh sin a rèir, a Mhurchaidh. Bidh sin a rèir. Cha do chailleadh bàta a-riamh 's i a' giùlan nan seòl. Cha do chailleadh. Agus dè an diofar co-dhiù? Mar a chanas iad, an naidheachd as motha sa bhaile sa mhadainn is i as lugha feasgar. Agus cuimhnich mura robh fhios agad dè bha thu thu a' giùlan gu bheil thu neoichiontach.'

'Ach bha fhios agam,' arsa mise.

'Bha, Mhurchaidh. Ach le ar cead-ne. Agus tha sin diofraichte. Ma bheir iad aiseal ort anns a' chùirt tha fhios agad dè nì thu. Sitrich.'

Hmmm, smaoinich mi. Hmmm. Seach Òbh.

'Co-dhiù, charaid,' ars esan 'a h-uile latha sona dhut. Agus bidh aon rud eile agad ri dhèanamh mus tachair càil?'

Choimhead mi air.

'An ath luchd a thogail, agus nuair a nì thu an delivery gu MacAoidh thig sinn le na càraichean gorma gus ur cur an grèim.'

'Oich nan oich 's nan oichean ò,' thuirt mi 's mi ag èirigh. Cha do shuidh air cloich, nach tuirt 'Oich' mus do dh'èirich e. Cha do shuidh, a dhuine. Na dh'fheumas duine fhulang airson na fìrinn. Oir chan e taghadh a th' innte, ach èiginn.

'Tha an fhìrinn mar ghrabhataidh, a Mhurchaidh,' thuirt Mac a' Ghobhainn rium turas anns a' chlas saidheans aige às dèidh dhomh a ràdh nach mi a las am bunsen-burner. 'Mura h-inns thu an fhìrinn, bidh thu mar bhailiùn, a' seòladh air falbh le gach oiteag gaoithe.'

16

Harry

IS E MI fhìn a mhol gum bu chòir dhuinn ùine a ghabhail mus gluaiseadh sinn. Oir chan eil e math do dhuine sam bith gluasad ro sgiobalta. Thuirt dotair rium turas gur e sin a bha ag adhbharachadh nan greimeanan-cridhe air a' Ghàidhealtachd,

'Daoine nan suidhe air am màsan ag ithe feòil-chaorach fad a' gheamhraidh, agus an uair sin aon uair agus gun tig an t-earrach a-mach leotha a ruith nan uan. Ag ithe chops agus a' ruith nan chops.' Mura tèid ar marbhadh gan ruith, thèid ar marbhadh gan ithe, mar a chanadh am Proifeasair fhèin.

Mar sin, socair agus somalta. Sin mo chomhairle-sa.

'Seo an rud,' thuirt mi ri Tormod Mòr. 'Ma leumas sinn orra an-dràsta, cuiridh iad dhà ri dhà, agus faighnichidh iad dhaib' fhèin, "Ciamar a thachair gun tàinig na poilis oirnn dìreach às dèidh dhan duin' ud Murchadh Dòmhnallach tòiseachadh a' dèanamh deliveries dhuinn? Huh?" B' fheàrr fhàgail 'son mìos no dhà co-dhiù, a Thormoid, gus an dèan mi ruith no dhà eile dhaibh.'

'An aon trioblaid le sin,' ars esan, 'gum fuiling agus gum bàsaich tuilleadh dhaoine fhad 's a tha sinn a' feitheamh. A h-uile latha na chunnart a Mhurchaidh fhad 's tha na daoine sin ma sgaoil. Gach mionaid a' cunntais. Gach latha na latha bhreitheanais.'

'Nach e sin an taghadh fhèin?' arsa mise. 'An e mise fear-gleidhidh mo bhràthar?'

'Is tu,' ars esan. 'Ach tagh thusa an t-àm iomchaidh, a Mhurchaidh. Uaireannan tha fuireach nas fheàrr na falbh. Gach latha na chothrom. Tha.'

Thug mi sùil air a' mhìosachan. An t-Ògmhios.

'Dè mu dheidhinn ma nì mi trì runs eile dhaibh? An ath mhìos, an Lùnastal agus an t-Sultain. Agus an uair sin an togail san Dàmhair? Nuair a bhios na h-oidhcheannan a' teannadh dlùth?'

'O teannaibh dlùth is togaibh fonn,' ars esan. Àm ann nuair a bhiodh e a' seinn do Chòisir Inbhir Nis. Na sheasamh aig a' chùl, ge bith dè chanas tu ris an fheadhainn sin – tenors, an e? Bha e uamhasach math air 'Hmmmmm' a sheinn fhad 's a bha na boireannaich a' ceilearadh gu binn.

Agus sin a rinn mi: mach leam gach mìos leis a' bhan a dh'Inbhir Nis a thogail an stuth ud anns an ionad bheag san Longman agus a-mach leis timcheall a' chinn a tuath. Dh'fhàs mi gu math dèidheil air an obair agus air na daoine ris an do choinnich mi. Daoine dìcheallach dòigheil, feuchainn am beòshlaint a dhèanamh cho math 's a b' urrainn dhaibh. Agus fiù 's air MacAoidh fhèin, a thug fàilt' an rìgh dhomh a h-uile turas a thadhail mi air le parsail. Cleas a rinn Rìgh na Grèige air Rìgh na h-Èipheit: ga bhiadhadh gu bàs.

'Seachainn a' mharag, agus seachnaidh i thu,' mar a chanadh Aonghas Beag, nuair a bhruidhneadh e air beanntan Ùige.

An dara turas a chaidh mi a-mach ga fhaicinn thadhail mi air Bùth a' Chlòimh Hearaich faisg air an Eastgate ro làimh agus fhuair mi ad bhobain an sin, dìreach dhen aon sheòrsa agus a bha HQ air a thoirt bhuam. Bha Murdina air caol a dùirn a bhristeadh agus cha robh i air chomas. Ach a' chosgais a chàirdean! Ged nach robh i leth cho grinn sgiobalta ris an fheadhainn a bhiodh Murdina a' fuaigheal. £29.99, a charaid! Chan fhaigh mi sin air ais a bharrachd, ged nach ann air mo shon fhìn a cheannaich mi i. O, chan ann. Ach dhàsan. Do MhacAoidh. Oir, nuair a smaoinich mi air cùisean, shaoil leam, is dòcha, gum biodh amharas air choreigin cùl a chinn mun bhonaid bhobain a bh' orm, agus mar a bhithinn a' cnuasachadh timcheall a' bhan aige agus i orm. Fhios agaibh mar a tha na trustairean sin – amharasach mun h-uile rud. Oir saoilidh am mèirleach gur mèirleach a h-uile duine. Saoilidh.

Le sin, thàinig mi an-àirde le plana beag eile. Detail. Oir tha na rudan beaga mionaideach sin cudromach. Nach eil an Fhìrinn fhèin ag innse dhuinn gur e 'na sionnaich bheaga a mhilleas na croinn-fhìona'? Is iad a charaid. Chuir mi romham bonaid bhobain, caran dhen aon sheòrsa agus a bha agam fhìn, a cheannach agus a thoirt dha (às aonais a' chamara) agus a ràdh ris, 'Seo dhut. Cumaidh sin blàth thu ron gheamhradh sa bhan fhuar seo.' Agus le sin, ma bha amharas sam bith air mun bhonaid agam, dh'fhalbhadh sin mar luideag geamhraidh.

Agus sin a thachair – chan fhac' thu a-riamh duine

a rinn uiread de thoileachas le rud cho beag, agus e ga thionndadh an taobh seo agus an taobh ud eile mus do stob e air a cheann e, agus tha amharas orm gu bheil e fiù 's a' cadal innte. Ach uill, cumaidh i blàth e ann am Porterfield no ge bith càit an cuir iad e, smaoinich mi a h-uile turas a chunnaic mi e an sin an cùl a' chunntair a' taomadh Mr Whippy eile dha na cones.

Ach thàinig an latha mòr fhèin mu dheireadh thall. Agus – mar a thachair – 's e seachdain a' Mhòid a bh' ann cuideachd, agus Inbhir Nis a' cur thairis le daoine. 'O teannaibh dlùth is togaibh fonn', gun teagamh. Fèilidhean a' crathadh sa ghaoith an siud agus an seo, agus ceòl a' dòrtadh às gach dàrnacha doras. Nach mi bha taingeil nach robh gnothaich agam ris, ach an dèidh sin bhiodh an ùpraid cuideachail dhomh. Is iomadh rud a thèid air falach aig Mòd. Is iomadh. Fiù 's le luchd-naidheachd an *Oban Times* is eile timcheall. Chan eil iadsan ach ag iarraidh dhealbhan le cuachan is buinn is pìoban is clàrsaichean co-dhiù. Dh'fhaodadh tu am banca fhèin a' robaigeadh aig an àm sin, fhad 's a tha bonn crochte mud amhaich.

Bha mi air an stuth a thogail an oidhche roimhe aig an Longman agus air a dhol air ais dhan flat ri taobh na h-aibhne, ged nach d' fhuair mi norrag cadail leis an t-seinn agus a' hòro-gheallaidh a bha a' dol a-muigh air na sràidean. 'S cha b' e sin an tlachd ag èisteachd ri 'Flower of Scotland' ann an uairean beaga na maidne 's gun ghuth air 'O nach Àghmhor' no 'An Caiòra' a' seòladh sìos an Clyde no òran ceart sam bith eile.

Dihaoine a bh' ann. Latha nan còisirean mòra. Aon uair deug thuirt iad rium. Faigh thusa chun na bhan mu leth-uair an dèidh deich agus nochdaidh sinne le na patrol cars aig aon uair deug. Ceithir dhiubh. Dhà tighinn à Inbhir Nis. Fear à Inbhir Theòrsa, agus fear à Ulapul.

'Co-òrdanaichidh sinne aig cairteal gu aon uair deug faisg air làimh agus thig sinn, all sirens blazing, aig aon uair deug. Chan ann diog roimhe no diog às a dhèidh,' thuirt Tormod Mòr rium. 'Precision is the name of the game. Feumaidh duine a bhith mionaideach. Chan e peacadh a th' ann a bhith comasach ceart.'

Agus ràinig mise a' bhan aig Harry, mar as àbhaist, dìreach beagan ro 10.30. Bha esan an sin a' faighinn ghnothaichean deiseil airson an latha, mar as àbhaist. Teasadair beag aige air cùl an dorais ga chumail fhèin blàth, agus a' bhonaid bhobain air a-nise mar bu dual. Bha e a' cur nan soidhnichean a-mach nuair a nochd mi. 'Harry's Specials: everything from Cornettos to Chips.' Gun teagamh. Gun teagamh, smaoinich mi.

'À!' ars esan. 'Murdo! Cup of tea? Or copan teatha, as you say yourself.'

'No,' arsa mise. 'A mug, please, Harry.'

Sin an còmhradh a bh' againn an-còmhnaidh. Agus thug e dhomh muga math teatha.

'How's things?' arsa mise.

'Oh, so so, Murdo,' ars esan. 'It's getting late in the season now. Mostly iasg and chips from now on. That's how you say it, isn't it?'

'That is indeed how we say it, Harry. Iasg agus tiops. Though there are different kinds of iasg, as you know.'

Ghabh mi balgam dhen teatha.

'Adag! That's haddock.'

'I guessed so,' ars esan. 'My granny had the Gaelic. She used to slip in Gaelic words now and again. Now

Harry, she'd say, you run down to the bèicear and get
me a lof, go and be a good isean. That's all Gaelic, isn't
it?'

'Indeed it is, Harry, indeed it is. That's a lot of
Gaelic.'

Bha mi a' faireachdainn rudeigin duilich air a shon
a dh'aindeoin a h-uile rud. Dè bh' ann ach fear bochd
eile a bha air a dhol air seachran 'son adhbhar air
choreigin? 'Ours is not to reason why'. Is dòcha fiachan
air choreigin. Oir is beairteach an duine nach eil ann
am fiachan. No bean shanntach, no geall a bha air a
dhèanamh le cuideigin uaireigin, no gun robh e fhèin
a' gabhail an t-snaoisein ged nach robh choltas air...
mìle reusan againn uile 'son tuiteam ann an dìg, agus
ged a tha e furasta gu leòr a ràdh gur e èirigh aiste a tha
riatanach, uaireannan chan eil e cho furasta.

Chan eil, mar am fear ud eile a bha na laighe aig
lochan Bhetesda 'son ochd bliadhna deug thar fhichead.
Uaireannan chan eil neart no comas no cothrom no
iarraidh no miann no dòigh againn èirigh às an dìg.
Fàsaidh sinn cleachdte rithe. Air m' onair, is caomh
leam fhìn na stocainnean clòimhe a tha mi a' cur orm,
agus mura b' e an gearan a nì daoine eile, chan eil mi
a' smaoineachadh, nam faighinn mo thoil, gun toirinn
dhìom iad idir o mhoch gu dubh, nam dhùsgadh no
nam chadal. Tha iad blàth is cofhurtail, mar uchd mo
mhàthar. Saoilidh mi nach dèanadh sinn càil idir mura
feumadh sinn a dhèanamh.

Bha i aon uair deug, agus ma bha, cha robh aon
sgeul air patrol car no siren no eile, agus bha mi caran
taingeil air a shon, oir bha an còmhradh aig Harry
a' còrdadh rium.

'You see, Murdo,' bha e ag ràdh, 'I was brought up to regard all you teuchtars as backward people. Lazy and always on the scrounge. I never knew I was one myself until I grew up.'

'Ach, uill,' arsa mise. 'We all live and learn.'

Agus shaoil mi gun cuala mi muinntir nam bonaidean bileach a' tighinn aig astar fad às. Oir bha mo chluasan stobte suas mar chluais an daimh air latha foghair. Agus – chan eil fhios a'm fhathast carson a rinn mi e, ged a bheir mi adhbhar dhuibh an ceartuair – ach dìreach aig an diog sin nuair a thàinig am facal 'astar' a-steach nam cheann smaoinich mi air cho math agus a bhiodh e teicheadh aig astar. Astair gun chabhaig, mar gum biodh. Oir bha mi a-riamh dèidheil air na tachartasan sin anns na filmichean nuair a bhiodh car-chase ann: *Cagney and Lacey* agus *Z-Cars* agus *Kojak*, oir seo an rud a thachradh – ge bith dè cho luath agus a dh'fhalbhadh na mèirlich bha na balaich ghasta ann an gorm an-còmhnaidh a' glacadh suas riutha. Cha mhòr nach do dh'iarr mi air Harry loilipops fhaighinn dhuinn cleas *Kojak*.

Ach nochd iadsan anns na ceithir càraichean, a' sgreuchail gu stad air gach taobh. Leum polasman a-mach às gach carbad, agus air m' onair, chan fhaca mi a-riamh duine a' gluasad cho luath ri Harry. Cha toir poit bheag fada a' goil. Suas a leum e, fhuair e grèim air an sgithinn leis am biodh e a' sliseadh a' bhuntàta, agus an ath rud, mo chreach 's a thàinig agus air fà ràl il ò, bha e air mo chùlaibh le grèim teann aig orm agus an sgian air sgòrnan m' amhaich. Bha e math gun robh mi a' dìon nan dòighean agus nach robh mi an sàs anns a' chod liver oil.

'Right,' ghlaodh e. 'One move and Murdo here becomes a fish supper.'

Sheas am poileas far an robh iad, fhad 's a ghluais MacAoidh mi air ais an comhair mo chùil, ceum air cheum, beag air bheag, òirleach air an òirlich.

'You drive,' ars esan, agus a-steach leinn dhan bhan agam. 'North,' thuirt e.

Agus dh'fhalbh sinn agus esan a' crathadh na sgithinn a-mach an uinneig 'son mo chobhair a chumail aig astar. Chan e an cù a bhios a' comhartaich an cù a bhios a' bìdeadh, chuimhnich mi. Nuair a thèid Murchadh na ruith, thèid e na dheann-ruith, chanadh iad uair dhe robh saoghal.

Cha b' urrainn dhan bhan bhochd agam astar mòr sam bith a dhèanamh, ach cha robh sin gu diofar, oir bha dòighean eile maill a chur orra. O, bha, oir bha mi air sin fhaicinn cuideachd air an telebhisean, oir bhiodh na h-eucoraich an-còmhnaidh a' lùbadh nan càraichean aca o thaobh gu taobh, a' dèanamh deamhnaidh cinnteach nach fhaigheadh na poilis seachad orra. Agus sin a rinn mi, agus – ged nach bu chòir dhomh mi fhìn a mholadh – is mi a bha math air cuideachd!

Oir bha mi air na cùrsaichean uile a dhèanamh shìos aig Tulach Àlainn: snow-driving, skid-driving, crash-driving, tumble-driving agus a h-uile seòrsa tionndadh eile, agus air teisteanasan fhaighinn mun coinneamh. With Distinction air a h-uile fear! Constable Murdo MacDonald Advanced Driving Techniques, With Distinction! Constable Murdo MacDonald Advanced Skidding, With Distinction! Constable Murdo MacDonald, Rolling Down The Hillside Without

Damaging the Vehicle or himself, With Distinction!

Agus le sin, is beag an teansa bh' aca cumail suas rium, oir bha iad òg, agus math agus gu bheil trèanadh an latha an-diugh, chan ionann e le trèanadh nan seann làithean. Tha iad ag ràdh riumsa gur e dìreach cùrsaichean coimpiutaireachd is didseatach is co-ionannachd is cothromachd is slàinte is sàbhailteachd is sunnd a bhios iad a' dèanamh nan làithean seo agus math agus gu bheil na gnothaichean sin 'son nam meadhanan no airson a bhith nad shuidhe air do thòin ann an oifis, chan eil iad cho math ri bhith a-muigh anns na brògan tacaideach san t-sneachda. An sneachda! O, ghràidh ort. Cha robh sinn cleachdte ris ann an làithean geala m' òige. Aon gheamhradh thàinig cathadh mòr às an iar-thuath agus thuirt m' athair rium, 'Tha na cailleachan a' spìonadh nan cearc ann an Nis.'

'In here,' dh'èigh Harry rium (oir bha an t-einnsean a' dèanamh fuaim eagalach) agus thionndaidh mi deas, a-steach gu pàirce charabhain ri taobh na mara. Seaside Holidays sgrìobhte air soidhne. Phut e a-mach mi às a' charbad, agus leis an sgithinn aig m' amhaich stiùir e mi an comhair mo chùil a-rithist a-steach do dh'aon dhe na carabhain, agus ghlas e an doras. Chuir e an uair sin an sgian air falbh agus thuirt e,

'Cup of tea? The missus and I have this caravan for holidays so we can hole out here for a while, Murdo. Sorry for scaring you.'

'O, na gabh dragh,' arsa mise, am breugaire dubhach. 'Cha do chuir e sìos no suas mi.'

Ma-tha, thà mi 'n dùil.

'Sugar?' ars esan.

'Dìreach mar a tha e. Dubh.'

Shuidh e sìos rim thaobh. Bha na càraichean aca a-muigh agus iad uile nan seasamh timcheall. Suidheachadh duilich dhaibh, oir cha b' urrainn dhaibh gluasad air eagal 's gun dèanadh mo laochan cron a bharrachd orm. Stand-off, ma-thà. Fo bhruid. Saoil an iarradh e ransom?

'A charaid,' thuirt mi ris. 'Chan eil thu gad chuid-eachadh fhèin, Harry.'

'In for a penny in for a pound,' thuirt esan.

'Cho math do chrochadh 'son caora na uan,' arsa mise.

'Duilich nach eil briosgaidean agam,' ars esan. 'Dìreach tì thioram.'

Leig mi leis bruidhinn, oir dh'ionnsaich mi air na cùrsaichean air an robh mi gur e sin an rud as fheàrr. Is ann à ceann na bà a gheibh thu am bainne. Leig leotha bruidhinn. Tha e mar lot: an rud as fheàrr as urrainn dhut a dhèanamh is e leigeil leis sileadh greis agus a ghlanadh mus cuir thu am plastair air. Fhad 's a tha duine a' bruidhinn tha thu sàbhailte. Sin a thuirt an saidhceòlaiche rinn. Gur e sgàthan dorcha a th' anns an eanchainn. Ged nach fheumadh tu saidhceòlaiche sam bith 'son sin innse dhut. Is ann nuair a bha am maighstir-sgoile sàmhach a bha thu ann an cunnart. Fhad 's a bha e a' spùtadh às fiosrachadh mu dheidhinn Henry VIII bha thu ceart gu leòr, ach is ann nuair a thigeadh e timcheall a choimhead air an deotair agad agus e sàmhach aig do chluais a bha an cunnart. An ath rud a' cur car dhed chluais, a' dèanamh snaidhm dheth, agus ag èigheach,

'MacDonald – how many times have I told you that

sentences begin with CAPITAL LETTERS and finish
with a FULL STOP.'

Ge bith dè bha sin a' ciallachadh.

'Carabhan snog,' thuirt mi ri Harry.

Rinn e gàire.

'An idea aice fhèin. Seo airson na deireadh-
sheachdainean, agus an uair sin Malta airson
a' gheamhraidh. November troimhe gu toiseach an
Earraich. Tha i blàth thall an sin. Ro bhlàth dhòmhsa,
ach feumar i fhèin a riarachadh.'

'Chan eil a h-aon againn beò dha fhèin,' arsa mise.
Litir a chùm nan Ròmanach, an ceathramh caibideil
deug, 's aig an t-seachdamh earrann. Is tric a bhiodh e
aig MacÌomhair mar cheann-teagaisg. Cluinnidh mi a
ghuth domhainn fhathast nam chridhe.

'Oir chan eil a h-aon againn beò dha fhèin, agus chan
eil a h-aon againn a' bàsachadh dha fhèin.'

Agus siud mi fhìn agus Harry an sin air ar
cuartachadh le sia polasman deug.

''Eil thu dol a chur a' choire oirrese, ma-thà?'
dh'fhaighnich mi dha, agus chithinn na deòir na
shùilean. O, chan e gun robh iad a' dòrtadh no càil,
ach chithinn nach robh iad fad às. Mar sgòth bheag
san earra-dheas air madainn samhraidh. Cha tèid
breisleach fhalach. Cha tèid.

'Chan eil,' ars esan. 'Chan eil ise ach a' miannachadh
rud a tha nàdarra gu leòr. Làithean an seo agus beagan
grèine an-dràsta 's a-rithist. Chan eil càil ceàrr air a sin.'

Àraid mar a tha cuid a dhaoine fhathast nam
pàistean, agus cuid eile mar nach robh iad a-riamh òg.

Bha mi sàmhach. Nuair a tha ciont a' bruidhinn, leig
leis. Cha dèanadh an fheadhainn a bha a-muigh càil a

bharrachd 'son ùine co-dhiù. Bha fhios a'm air a sin. An uair sin gheibheadh iad megafon agus bheireadh iad rabhadh dha, ged a bhiodh sin dìreach a' ciallachadh a chumail ann an còmhradh gus an sgìthicheadh e no gus an gèilleadh e. An rud mu dheireadh a nì feachd sam bith is e ionnsaigh a dhèanamh. Chan eil sin a' tachairt ach ann am filmichean. Harrison Ford. Tha esan math. E fhèin agus an ad mhòr.

'Chan eil. Chan eil càil ceàrr air a sin,' thuirt e a-rithist. Ged nach b' e sin idir a thuirt e ach, 'No. There's nothing wrong with that,' ach bha mi ga chluinntinn ann an Gàidhlig agus bha sin math gu leòr dhòmhsa. Nach àraid mar a chluinneas sinn an saoghal tro chluasan ar màthar.

'Chan e no m' athair no mo mhàthair,' ars esan, 'ged a dh'fhaodainn coire gu leòr a chur orra. Is gann gun robh e aig an taigh. Bhiodh e a' gabhail tè mhòr agus a' falbh, ach eadar na sploidhdean mòra sin b' e duine dòigheil a bh' ann. Big Harry a bh' ac' air. Agus Wee Harry ormsa. Thug e a Ghlaschu mi turas 'son mo cho-là-breith. Rangers an aghaidh Celtic. O dhuine, abair latha mòr. 3-1 airson Rangers cuideachd. McCoist. Sgòr esan a dhà.'

Agus sheinn e.

Follow, follow, Glasgow Rangers,
Follow, follow all the way,
Fifty-five times the Kings of Scotland,
The most in football's hist-ory…

Bhiodh iad ga chluinntinn a-muigh, oir bha am fòn agam air gun fhiosta dha.

'Agus dh'fhàg e mi an uair sin,' thuirt e, 's na deòir a-nis na shùilean. 'Chaidh Papaidh a-steach dhan

taigh-seinnse – An Govan Arms – agus thug e airgead
dhòmhsa 'son a dhol dhan chafaidh an-ath-dhoras 'son
lemonade agus crisps. Agus ghabh mi sin, agus cha
do nochd e agus cha do nochd e agus cha do nochd e,
agus mu dheireadh thall chaidh mi gu doras an taigh-
sheinnse agus cha leigeadh iad a-steach mi aig m' aois,
ach dh'fhaighnich am fear a bha seo dhomh dè bha
mi ag iarraidh agus thuirt mi ris gur e m' athair, agus
dh'fhaighnich e dhomh dè b' ainm dha agus thuirt mi
Harry, Harry MacKay, agus dh'èigh e an t-ainm air
feadh an àite ach cha robh duine a' freagairt, agus an
uair sin thuirt am bodach a bha seo gun robh esan
air a bhith a' bruidhinn ri fear Harry o chionn uair
a thìde ach gun do cheannaich e carry-out agus gun
do dh'fhalbh e sìos an t-sràid o chionn còrr is leth-
uair còmhla ri cuideigin agus nuair a chuala an tè a
bha an cùl a' chunntair a h-uile rud a bha sin ghabh
i os làimh mi agus thug i sìos mi gu oifis a' phoilis
agus feumadh mi ràdh riut, Murdo, gun robh iad
uamhasach coibhneil rium agus thug dithis aca lioft
dhomh fad an rathad dhachaigh gu Alanais, agus bha
iad fiù 's a' cur air an dùdan agus na solais ghorma
nuair a dh'fhaighnichinn dhaibh. Agus stad sinn ann
am Peairt air an rathad gu tuath agus cheannaich iad
fish supper dhomh. Bha mo mhàthair ann an staid
a bha uamhasach mus d' fhuair mi dhachaigh, agus
nochd e fhèin an ceann seachdain le ceann goirt is
aithreachas agus, mar as àbhaist, thug i mathanas dha
agus shaoileadh tu nach robh càil a' tighinn eadar iad
agus a' ghrian. Chun an ath thurais.

Thòisich am meagafon a-muigh.

'Mr MacKay,' thuirt am fear a bha a' glaodhaich.

'Just throw that knife out the door or window and all will be well. You are surrounded and we don't want anyone to come to any harm.'

Rinn MacAoidh seòrsa de ghàire.

'Mr MacKay? Eh? Now that's respect.'

Ma tha thu airson eun a ghlacadh, na cuir eagal air.

'Bhiodh e na b' fheàrr,' thuirt mi ris. 'Cuiridh mi geall gun cuir iad air an dùdan agus na solais ghorma fhad 's a bhios iad gar toirt deas gu Inbhir Nis.'

Chaidh a ghnùis dorcha, agus thug e a-mach an sgian a-rithist.

'Thusa magadh orm, eh?'

Chuir mi mo làmhan suas.

'Uh, uh. Dìreach joke. Trobhad – inns mu do mhàthair. Feumadh gur e boireannach gràsmhor a bh' innte.'

Cha tuirt e guth.

Ghlaodh am meagafon a-rithist.

'We'll give you half an hour Mr MacKay to fling that knife out. Or just come out quietly.'

Bha cloc air a' bhalla. Deich mionaidean gu uair.

''Eil biadh sam bith sna preasan?' dh'fhaighnich mi.

'Thoir sùil.'

Bha. Dà chanastair Heinz Beans. Dà chanastair Cream of Chicken Soup. Dà phacaid Cheesy Pasta. Agus dà chanastair Ambrosia Custard. Thàinig an latha! Latha a' bhuairidh. O, tha e furasta gu leòr seasamh daingeann nuair nach eil taghadh ann, ach nuair a thig latha mòr a' chustaird, sin nuair a dh'fheumas tu neart is dìlseachd. Air mo chùlaibh, a chustaird.

'Dè a b' fheàrr leat?' dh'fhaighnich mi dha.

'Na beans,' ars esan. 'Fuar, mar a tha iad, a-mach
às a' chrogan. Cha bhi a' bhean a leigeil dhomh an
gabhail mar sin. Ag ràdh rium gu bheil e mar rudeigin
a dhèanadh cù.'

Dh'fhosgail mi an canastair agus thug mi dha an
canastair agus spàin. Bha e air a dhòigh. Chuir mi air
an gas agus theasaich mi pacaid dhen phasta dhomh
fhìn. Biadh – mas e sin a chanas tu ris – a tha cheart
cho mì-chàilear dhan duine a dh'itheas treallaich sam
bith agus a tha e dha mo sheòrsa-sa dhan aithne an
diofar eadar guga agus guacamole. Bhiodh e air a
bhith a cheart cho math dhomh am pacaid cardboard
fhèin ithe. Bha sinn sàmhach fhad 's a bha sinn ag ithe,
ged a bhiodh na daoine a-muigh a' cluinntinn fuaim
a' chagnaidh agus brùchd is braim no dhà às dèidh nam
beans, gun teagamh.

'Pudding?' dh'fhaighnich mi dha às dèidh dhuinn na
pònairean agus am pasta a ghabhail.

'Aidh,' ars esan. 'Crogan Ambrosia. San aon dòigh.'

'Droch dhol-a-mach a th' ann,' thuirt mi, fhad 's a
bha e a' slùpradh a' chustaird. 'Na drugaichean.'

'Obair an donais,' ars esan. 'Ach mura reic mis' iad,
reicidh cuideigin eile iad. Agus nach eil iad nas fheàrr
tighinn glan bhuamsa na salach an cùl sràid?'

'Obair nan ùghdarrasan a tha sin,' thuirt mise.
'Obair nan dotairean agus nan nursaichean. Obair
luchd-sòisealta. Tha àiteachan ann far am faigh duine
sam bith a tha airson faighinn clìoras a' ghnothaich
cuideachadh.'

'Ma tha iad ag iarraidh a leithid. Rud nach eil a
h-uile duine.'

'Tha e an aghaidh an lagha. Sin as coireach gu bheil

sguad mòr le gunnaichean is eile a-muigh.'

'Is iomadh rud a tha an-aghaidh an lagha.'

'Cuid nas miosa na cuid eile.'

'Deoch làidir? A mharbh m' athair? Is urrainn dhut a cheannach ann am bùth sam bith san latha th' ann. Air discount. Ceas Carlsberg 'son £10. Ochd crogan deug.'

'Sin mar a tha.'

'Aidh, Murdo, sin mar a tha. "Ours is not to reason why."'

'That's the half-hour over,' thuirt am meagafon.

'Siuthad,' thuirt mi ris, 'tilg an donas rud a tha sin.'

Shìn e dhomh i.

'Tilg fhèin i.'

Earbsa. Ged nach biodh tu a' creidsinn ann an càil, feumaidh tu fhathast cuideigin a tha gad chreidsinn fhèin.

Chaidh mi chun an dorais. Ghnog mi air mus do dh'fhosgail mi e, oir cha bhiodh iad air an còmhradh a chluinntinn. Bha am fòn agam air ruith a-mach à cumhachd. Dh'fhosgail mi an doras gu slaodach faiceallach, agus is ann an sin a bha an sealladh. Ochdnar phoileas nan crùbain air an fheur le gunnaichean ag amas air a' charabhan, agus ochdnar eile air an cùlaibh.

Shaoileadh tu gur e An Alamo a bh' ann. O Chruth-aidhear bheannaichte, cho math 's a bha John Wayne sa film sin. Chunna' mi fhìn agus mo charaid Tonkan e sia tursan às dèidh a chèile anns a' Phlayhouse ann an Steòrnabhagh. An dithis againn an uair sin sìos dhan Lido agus a' seinn 'Remember the Alamo' fad an rathaid an còrr dhen oidhche:

Hey up Santa Anna, they're killing your
soldiers below,
So the rest of Texas will know,
And remember the Alamo… and remember
the Alamo

Ach chan e an Alamo a bh' air mo bheulaibh ach
na gunnaichean. Thog mi mo làmh gu faiceallach gus
am faiceadh iad an sgian agus shad mi air falbh i agus
choisich mi air adhart ceum air cheum. Bha fhios a'm
nach ann ormsa ach air Harry a bha na sùilean, agus
ged nach do choimhead mi às mo dhèidh, chithinn
ann an sùilean a' phoilis gun robh e air mo leantainn
a-mach às a' charabhan, oir bha gach gunna ag amas
an taobh sin. Chunna' mi na gunnaichean a' dol sìos
agus gach poileas a' seasamh suas agus thionndaidh mi
agus bha Harry an sin air a ghlùinean ann an doras a'
charabhain agus a làmhan suas gu h-àrd a' gèilleadh
mar a bhiodh iad anns na comaigs.

Cha robh feum sam bith air, ach a dh'aindeoin sin
ghlaodh am fear a bh' air a' mheagafon, 'Na gluais.'

Oir tha cuid de dhaoine ann ma bheir thu dhaibh
beagan cumhachd no ùghdarras shaoileadh tu gun
robh thu air smachd an t-saoghail mhòir a thoirt
dhaibh, agus gabhaidh iad làn-bhrath air. Hitlearan
beaga nam mollachd. Agus beag air bheag ghluais
gach polasman air adhart. Fhuair dithis grèim ormsa
agus shlaod iad aon taobh mi, agus ceathrar grèim
air Harry, agus chlab iad glasan-làimhe air an dithis
againn. Dh'fheumadh iad seallltainn gun robh mise
nam eucorach cuideachd.

Dh'fhalbh Harry an cùl aon chàir agus mise ann an

càr eile, agus am fear a bha a' dràibheadh a' gabhail mo leisgeul.

'We had to,' ars esan. 'We couldn't let him, or any of his squad, know you were with us.'

'I'll be charged then?'

'Of course. Aiding and abetting. Delivering drugs.'

'Even though I didn't know.'

'But you did, a bhalaich. Though we won't let on. You just plead ignorance.'

'My speciality,' thuirt mi ris.

Feumaidh mi ràdh gun robh e uamhasach inntinneach a bhith air taobh eile an lagha. Ann an cùl càr le glasan agus suas tron bhaile gu oifisean a' phoilis agus a h-uile ceist is ceasnachadh a chaidh a dhèanamh orm. Rud sam bith a chanainn na fhianais. Còraichean agam a bhith sàmhach ma bha mi ag iarraidh. Luchd-lagha a ghairm. Ceala beag dhomh fhìn le mìos sionc agus pucaid san oisean 'son na h-èiginn. Agus Reynolds, an slimear ud eile air a thairgsinn dhomh mar fhear-lagha. Ciontach no neoichiontach bhiodh tu a cheart cho math le faoileag gad dhìon. Dhiùlt mi ghabhail agus thuirt mi gun togainn mo dhìon agus m' fhianais fhìn.

Agus sin a rinn mi nuair a thàinig e gu cùirt. Ged as e mi fhìn a tha ga ràdh, rinn mi òraid mhath, ag innse nach robh annamsa ach dìreach dràibhear neoichiontach a bha a' gluasad stuth an siud agus an seo, agus nach b' e mo dhleasdanas-sa coimhead an e Benzos no Beanos a bha anns na bogsaichean a bha mi a' gluasad.

'Chan eil mi a' smaoineachadh gu bheil a h-uile post a' fosgladh gach litir is parsail a dh'fhaicinn an e cannabis no ceann-cropaig a tha na bhroinn,' arsa mise. Ged as aon rud faighneachd agus 's e rud eile faighinn a-mach. Dè tha 'm broinn seo? O, Cèic Nollaig canaidh iad ged a tha am fàileadh a' sùghadh tron pharsail ag innse gu bheil e cheart cho coltach gur e guga th' ann.

'Ignorantia juris non excusat,' thuirt fear-casaid a' chrùin nam aghaidh (Siarach), agus ged nach do rinn mise a-riamh Laideann san sgoil, thuig mi glè mhath dè bha e a' ciallachadh. Bha seo – nach robh aineolas na leisgeul. Is dòcha gun do dhìochuimhnich e gur e Leòdhasach a th' annam.

'Ach seall,' arsa mise ris. 'Nan deighinn-sa a-steach gu Charley Barley's a cheannach marag dhubh, agus gun iarrainn tè vegetarian agus nach robh fhios aig an fhear a bha ag obair sa bhùth dè bha sin agus bheireadh e dhomh a' mharag àbhaisteach, chan e a choire-san a bhiodh an sin, an e?'

Choimhead e orm le truas.

'Trì rudan ceàrr air d' argamaid. Sa chiad àite chan eil an coltas ort gur e marag vegetarian a bhios tusa a' gabhail. San dara àite chan eil mi smaointinn gun biodh duine sam bith ag obair aig Charley Barley's aig nach biodh fios air an diofar eadar marag vegetarian agus marag 'àbhaisteach', mar a th' agad oirre. Agus – seo cnag na cùise – ma tha Leòdhasaich a-nise ag ithe mharagan vegetarian, tha sinn 'done' mar a thuirt am fear eile.'

Tha sin fhèin a' sealltainn dhut cho ceàrr agus a dh'fhaodas daoine a bhith. Na meas càil air a choltas.

Ach a dh'aindeoin sin uile, chaidh m' fhaighinn ciontach. Chan ann air dèiligeadh ri drugaichean –

ghabh an diùraidh ris an dìon nach robh mi fhìn agus
Rodaidh ach a' giùlan stuth gu neoichiontach – ach le
a bhith a' dràibheadh ann an dòigh air leth cunnartach
suas an A9 gu tuath. Dh'inns mi dhaibh nach robh
taghadh agam, oir gun robh sgian rim amhaich aig
an àm, ach thuirt iad nach robh sin a' cur às dhan
lagh. Ge bith dè an staid anns an robh mi, thuirt am
britheamh, tha 60 mìle san uair a' ciallachadh 60 mìle
san uair agus tha loidhne gheal am meadhan an rathaid
a' ciallachadh cumail gu aon taobh seach a bhith
a' seòladh air ais agus air adhart eadar na loidhnichean
agus a' cur stad agus maill air poilis.

'But seeing you are a first offender, Mr MacDonald,'
thuirt e, 'this time, and taking into full consideration
not only the circumstances of the offence, but the
obvious trauma you must have been going through,
I will suspend the sentence, dependent on your
continuing good behaviour.' Shuath e taobh a shròine
le colgag na làimhe-deise: an t-seann chomharra gun
robh gnothach dìomhair.

Fhuair MacAoidh deich bliadhna, agus is e a bha
làn-airidh air. Bha beagan truais agam ris ann an dòigh,
oir aon uair agus gum faigh thu eòlas air duine sam
bith tuigidh tu nach e rud soilleir a th' ann an olc. Nam
faiceadh sinn tro ghlainne shoilleir bheireadh sinn
mathanas dhan h-uile duine. Oir tha a leisgeul agus
adhbhar aig gach duine. Mar a chaidh an dìol nuair a
bha iad beag. An eisimplir a chunnaic iad nan òige.
Rudeigin a chunnaic iad air an telebhisean. 'Dare' a
thug cuideigin orra a dhèanamh. Buaireadh. 'O, na leig
ann am buaireadh sinn'. Airgead is miann an airgid. Air
a bheil fàilte ged a thigeadh e ann an sporan cac. Sin

agaibh feallsanachd Mhurchaidh co-dhiù, cho fad agus as fhiach e, agus tha mi cinnteach nach fhiach.

Chan e gun do rinn e mòran diofar do Harry, oir thadhail mi air uair no dhà ann am Porterfield, far an robh e air a dhòigh glan. Chan eil rud sam bith cho dona nach b' urrainn dha a bhith na bu mhiosa.

'Leabaidh bhlàth is lite is brot is feòil gach latha, Murdo,' ars esan.

Agus phriob e a shùil, am bleigeard.

'Agus suiteas uair sam bith. Ged nach eil mise gan ceannach. Oh no, a charaid. Tha mise sàbhaladh mo thuarastail 'son bhan ùr nuair a gheibh mi mach à seo. Tha mi ag ùrachadh chèiseagan dhaibh. Còig sgillinn 'son gach tè. Not ann an leth-uair a bhalaich.

Dè mu deidhinn,' ars esan an uair sin, 'a dhol ann am business còmhla rium nuair a gheibh mi a-mach à seo. 50-50, eh? Nì mi fhìn na fish-and-chips agus faodaidh tusa bhan nan reòiteagan a ruith? No an taobh eile mu chuairt. I'm easy-ozey. Cha chuir e sìos no suas mi, Murdo.'

'Cha chuir na mise,' thuirt mi ris. Cha leithne Loch Nis a-null no a-nall.

17

Ginger Nuts no Digestives?

CALL A BH' ANN nach robh mi shìos sa Chaisteal Nuadh nuair a chaidh iad a chur Big Dan agus Ellie an grèim. Ach bha an gnothaich air a cho-òrdanachadh, agus thachair e aig an dearbh àm 's a thog iad mi fhìn agus Harry, agus le sin chan urrainn fiù 's do Mhurdo a bhith ann an dà àite aig an aon àm. Chan eil ach an Cruthaidhear fhèin uile-làthaireach. Faoileag air an tràigh agus a' chearc-fhraoich air a' mhonadh, mar a chanadh Iain Beag.

Ach chaidh an t-Àrd-Inspeactar fhèin, Tormod Mòr Moireasdan ann, agus dh'innis esan a h-uile càil dhomh, agus chan ann tlachdmhor a bha an naidheachd. O, bhròinein, is fheàrr an t-olc a chluinntinn na fhaicinn. Is fheàrr. Thàinig mo laochan a-mach le gunna, agus ged a dh'fheuch iad an dìcheall toirt air socrachadh, cha b' e sin a mhiann. Sheas e an sin a' losgadh orra, agus cha robh taghadh aca ach am peilear a chur ann.

'Dìreach mar a chuireadh tu ann an damh,' thuirt Tormod rium. 'Ged as dreachmhor an damh, agus bu shuarach esan, an salachar. Tha mi cinnteach gun robh deagh fhios aige gun robh an latha air tighinn agus nach robh roimhe ach beatha ann am Belmarsh. Cha sheas poca falamh. Cha sheas. Call nach eil an ròpa mòr a' dol fhathast, a Mhurchaidh.'

'Agus Ellie?'

'O, thàinig ise, an truaghag, mar a' phiseag.'

'Truaghag? Nach robh i a cheart cho dona ris fhèin? An ròpa mòr dhan chat agus Whiskas dhan phiseig?'

'Victim an lùib nam victims a Mhurchaidh. Bha i mar luchag ann an ceap aige. Ga biadhadh le suiteis, agus aon ghearain bhuaipe agus na suiteis air an toirt air falbh. Cearc-Fhrangach fhuar, a Mhurchaidh, agus cò a dh'fhuilingeadh sin? Nuair a dh'fheuchadh i, thàladh esan i. Marijuana an toiseach – 'Siuthad a m' eudail aon toit, agus cuidichidh sin', agus an uair sin – fhios agad fhèin, a Mhurchaidh, mar a thig aon liquorice allsort gu dhà, agus mus toir thu an aire tha thu air a' phacaid ithe air fad – ecstasaidh, mar a their iad air, agus ketamine agus an còrr dhen stuth làidir, suas gu oir a' bhàis. Mar as saillte an sgadan is ann as motha dh'imlicheas an cat. Addict a bh' ann an Ellie bhochd, agus dhèanadh i rud sam bith a chanadh esan airson a feumalachdan a chumail a' dol. Dh'fheumadh i. Cha dèan cù gearan ma bhualas tu le cnàimh e. Tha a' mhil milis ged tha gath san t-seillean, a Mhurchaidh. Tha, gu mì-fhortanach.'

'An neach a tha gun pheacadh tilgeadh e a' chiad chlach, eh Àrd-Inspeactair? Is dè fhuair i?'

'Seachd bliadhna. Bidh e na fhaochadh dhi tha mi creids'. Fhad 's a chumas i clìoras na malairt a tha dol a-staigh far a bheil i. Tha iad ag ràdh riumsa gu bheil barrachd dhen phuinnsean sin anns na prìosanan na tha a-muigh air na sràidean fhèin. Abair saoghal, a Mhurchaidh.'

Shuidh e sìos. Bha e sgìth. Bha mi fhìn sgìth. An dithis againn a' fàs aosta.

'Cha tig an aois leatha fhèin,' thuirt esan.

'Cha tig, a Thormoid. Thig i le gath às a dèidh.'

'Ach le gàirdeachas cuideachd, a Mhurchaidh. Seall oirnn. Cha d' fhuair a h-uile duine beannachd na h-aois.'

Copan teatha dhen Earl Grey aigesan, agus copan teatha dhen Sun Ray agamsa. Esan a' dupadh nan Ginger Nuts dhan chopan agus mise na Digestives.

'Chan eil fhios a'm,' ars esan, 'carson a tha thu a' cumail ri na Digestives sin, agus iad cho buailteach tuiteam às a chèile agus leaghadh a-steach dhan teatha. Bhiodh tu fada na b' fheàrr le na Ginger Nuts. Briosgaid shnog chruaidh, agus chan eil e gu diofar co mheud turas a bhogas tu i san teatha, tha i fhathast a' cumail a neirt agus a cumaidh.'

Agus bhog e a-steach i a-rithist, agus thog e i a-mach a cheart cho righinn agus a bha i. Thug e gàmag aiste.

'Cha do rinn e mòran feum aig a' cheann thall, a Thormoid,' thuirt mi ris.

'O, na can sin, a charaid. Is fheàrr aon taigh air a nighe na dhà-dheug air an sguabadh. Agus ghlan sinne dhà dhiubh co-dhiù.'

'Is co mheud tha dol dhiubh fhathast? Na mìltean.'

'Chan eil sin an urra rinne. Chan urrainn dhuinne ach ar starsnach fhèin a ghlanadh, a Mhurchaidh. Thog sinn £10 millean le reic na bhuineadh dha. An t-ionad ud anns A' Chaisteal Nuadh. Flat ann am Paris agus tè eile ann an Nice. Taigh ann an Upper State New

York agus taigh mòr shuas faisg air Dùn Bheagan. Agus còig flataichean an Inbhir Nis. Tha h-uile sgillinn dheth sin a' dol dhan t-sabaid an aghaidh a' phuinnsein. Gu luchd-obrach sòisealta. Gu ionadan rehab feadh na dùthcha. Grìogagan a-mach às an sprùilleach, a Mhurchaidh.'

Ghabh e balgam eile dhen teatha agus gàmag eile dhen Ginger Nut.

'Dìreach mar a nì thu ceann-cromaig a-mach à adharc rùda. Ach rinn mi an rud a bha thu ag iarraidh, a Mhurchaidh. Rinn mi cinnteach gun tèid leth dhen airgead chan ann gu bhith cuideachadh dhaoine stad, ach gus an cuideachadh gun iad tòiseachadh idir. Air clubaichean òigridh is air pàircean-cluiche agus air ionadan a thogail dhaibh anns na coimhearsnachdan aca fhèin. Tha e nas fhasa an donas a leigeil a-steach na chur a-mach. Mar a thuirt thu fhèin a Mhurchaidh, iomadh turas, gun dòchas chan èireadh aon duine againn a-mach às an leabaidh gu bràth.'

Is tric a bheachdaich mi air a' ghnothaich. Mar a tha d' uallach fhèin air aotromachadh nuair a tha thu a' cuideachadh dhaoin' eile. Gu h-àraid nuair a tha thu a' cuideachadh na h-òigridh. Bidh mi fhìn 's i fhèin gan toirt air chuairtean uair sa mhìos: a' campadh a-muigh anns na monaidhean agus a' togail ar bith-beò on tràigh. Agus an toileachas a th' ann nuair a thogas iad fhèin na srùbain agus na muirsgein agus nuair a lasas iad an teine air an tràigh, a' ròstadh nam marshmallows. Mi fhìn agus i fhèin nar laighe pìos air falbh air na creagan. Ag èisteachd ri sluaisreadh na mara agus ceilearadh nan eun. Tha e math a bhith ag èisteachd gu socair, oir is e sin an aon èisteachd as fhiach. Cluinnidh tu gach nì. Chan eil càil san t-saoghal cho càilear na bhith ag èisteachd ri guthan na h-òigridh a' cluich agus a' còmhradh agus a' gàireachdainn nuair nach cluinn thu dè tha iad ag ràdh. Tha an guthan mar chlagan na h-eaglais air madainn Sàbaind.

Chùm mi sùil air aig an doras fhad 's a bha e a' dol sìos an cnoc, ga chumail fhèin dìreach leis a' bhata. Tha an duine làidir a cheart cho iomagaineach ris an duine lag. Fhad 's tha deagh bhata daraich aig duine chan eagal dha. Chan eagal. Na bi eagal agad ro chàil ach am peacadh, thuirt MacÌomhair. Chaidh mi air ais a-steach dhan bhlàths agus rinn mi biadh dhomh fhìn. Chan e pasta nam mollachd mar ann am preas Harry, ach deagh thruinnsear de bhrot air a neartachadh le feòil-chaorach. Mult as fheàrr. Feòil na sliasaid agus snèip is càl is curranan. Chan fheum thu an còrr. Gu h-àraid chan fheum thu am barley-mix ud eile a bhios a' chailleach ud air an teilidh a' moladh. Cha toir sin ach stamag ghoirt dhut.

Co-dhiù, ghabh mi dà dheagh thruinnsear dhen bhrot, agus pìos dhen aran Innseanach a rinn i fhèin. Is i tha math air – chan eil am beat air an trèiceil. Feumaidh mi aideachadh cuideachd gun do ghabh mi norrag bheag às dèidh sin, oir gu cinnteach cha tig an aois leatha fhèin. Agus nuair a dhùisg mi bha an teilidh fhathast air, agus dè bh' oirre ach *A Place In the Sun* agus am boireannach bàn a bha air an sgrion mar chlab a' bhaile a' moladh thaighean ann am Provence, 'just half and hour's drive from Marseille', ars ise. 'Chan e a bòidhchead a bheir goil air a' phoit', mar a chanadh mo sheanmhair gach turas a chuireadh i fàd mònach eile air an teine.

Ma-thà, tha mi 'n dùil, thuirt mi rium fhìn. Am fear as fhaide a chaidh a-riamh on taigh bha cho fada aige ri tighinn dhachaigh. B' fheàrr leam fada a bhith ann an Ceòs fhèin, no far an robh mi, deagh chofaidh is grian ann no às. Chan eil càil ceàrr air A Place in the Rain an seo far a bheil mi.

Cha robh an còrr air a shon ach copan teatha eile a ghabhail, agus pacaid eile dhe na digestives fhosgladh. My drug of choice. À, an siùcar! Ged nach eil e cho dona ri na digestives seòclaid. Sin agaibh a-nis an stuth cunnartach, an stuth cruaidh. Oir aon uair agus gum blas thu an seòclaid, tha thu coimhead air adhart ris an ath ghàmag, agus ris an ath bhriosgaid, agus mas coimhead thu thugad no bhuat siud a' phacaid falamh, agus feumaidh tu falbh dhan Cho-op a-rithist airson tuilleadh. A cheannach bogsa dhiubh, just in case.

Ach bidh mi faighinn neart. Bho Fhiullaigean fhèin nuair a thig àm a' bhuairidh, oir nach robh e fhèin – more or less, dh'fhaodadh tu a ràdh – na ghlasraichear cuideachd?

Oir ged a bha Fiullaigean spàgach,
Dhèanadh e ceàird a h-uile fear,
Chuireadh e lusan sa ghàrradh,
Chuireadh e càl is curranan.

Fhad 's nach bi agam ri sgur dhen bhuntàta buileach glan. Agus dhen ghuga. Chuireadh sin crìoch orm, a chàirdean. Chuireadh. Bhithinn a cheart cho dona ri Ellie fhèin, deònach rud sam bith a dhèanamh airson truinnsear dhe na Golden Wonders no na Kerrs Pinks. Buntàta na machrach le ìm. O, Chruthaidhear.

Chan eil aon againn gun laigse. Chan eil. Le sin, gach nì na àm fhèin, agus chan eil càil ceàrr an-dràsta 's a-rithist air sgadan an siud agus rionnach an seo le deagh thruinnsear dhen bhuntàta le buidheachas. Nach iomadh duine bochd, eadar Marseille agus Porterfield, a bhiodh taingeil air a shon. Nach iomadh, a Mhurchaidh.

Bidh i fhèin aig an taigh an-ceartuair, agus tha mi air cuirm-mhealaidh ceart a dheasachadh dhuinn. Thàinig Rodaidh na bu tràithe le bogsa de mhaorach: creachainn is muirsgein is bàirnich is eisirean is giomaich is crùbagan. Tha mi gan dèanamh ann an sabhs nan tomàtothan a dh'fhàs cho math anns an taigh-glainne againn. Seòrsa de phaella. Murdo's Mediterranean Misadventure, dh'fhaodadh tu ràdh. Chan eil càil a dh'fhios agad dè as urrainn dhut a dhèanamh gus an dèan thu e. Chan eil, a charaid.

Fhad 's a tha am paella a' còcaireachd air a shocair air an stòbh, nì mi beagan yòga, a chàirdean. Òbhar and Out.

Leabhraichean eile le **LUATH**

Constabal Murdo
Aonghas Pàdraig Caimbeul
ISBN 978-1912147-49-6 PBK £8.99

Tha bràiste òir luach nam mìltean mòra air a dhol à sealladh à Caisteal Chiosamuil am Barraigh. 'S ann air Constabal Murdo (Murdo Mhurchaidh 'ic Mhurchaidh Bhig bhon a' Bhac) a tha uallach faighinn a-mach cò dh'fhalbh leatha. Tha seachdnar fo amharas aige. Ach chan e amharas fianais. Mar a tha an seanfhacal ga chur, 'Is fheàrr tomhas na tuairmse.'

Anns an sgeulachd ealanta aoibhneach seo, làn de gheur-chainnt is aotromas, tha iomadh tionndadh. Sgiorradh iongantach an cuideachd leithid Mhìcheil Iain, Dr Lucy, Sergio agus Murdo fhèin. Tha na thachair, agus na caractaran beothail a tha fo amharas, gar tàladh a-steach còmhla ri Constabal Murdo gu meadhan na dìomhaireachd. Saoil cò rinn e, agus carson?

Tuathanas nan Creutrairean

le Seòras Orwell, a' Ghàidhlig le Aonghas
Pàdraig Caimbeul
ISBN 978-1913025-66-3 PBK £7.99

'S e an nobhail mhairsinneach aig Seòras Orwell, *Animal Farm*, aon de na 100 nobhailean Beurla as fheàrr a rèir na h-iris Time. A-nise tha tionndadh eireachdail again bho Aonghas Pàdraig Caimbeul: a' chiad leabhar le Orwell a chaidh eadar-theangachadh dhan Ghàidhlig. Anns an sgeul, tha na creutairean a' fàs seachd searbh dhen obair agus an dìol a tha am maighstir, Maighstir Maclain, a' dèanamh orra. Tha iad a' dèanamh aramach agus ga shadail a-mach, agus a' ruith an àite dhaibh pèin mar co-chomann. Ach ann an ùine bheag tha na ceannardan - na mucan a' gabhail thairis agus a' cleachdadh nan creutairean cumanta mar thràillean. Mar as motha a tha na creutairean dileas ag obrachadh is ann as reamhra a tha na mucan mòra a' fàs.

Sgeul mu dheidhinn cumhachd is ana-caitheamh air cumhachd a tha cheart cho buntainneach nar latha fhèin agus a bha e nuair a sgrìobh Orwell e an toiseach anns na 1940an. Is treasa tuath na tighearna, ach dè mas e (cuid dhen) tuath fhèin an tighearna?

An Nighean air an Aiseag

Aonghas Pàdraig Caimbeul
ISBN 978-1910745-46-5 PBK £7.99

'Duilich', thuirt mi rithe, a' feuchainn ri seasamh gu aon taobh, 's rinn i gàire 's thuirt i, 'O, na gabh dragh – gheibh mi seachad.'

Uaireannan, 's e na rudan nach do rinn sinn a tha nan adhbhar aithreachais. Thachair Alasdair agus Eilidh air achèile air an aiseag eadar an t-Òban agus Muile, 's cha deach sin riamh a-mach às an cuimhne.

Tha an nobhail ealanta seo a' meòrachadh air na thachair, agus air na dh'fhaodadh a bhith air tachairt. Sgeul gaoil a' toirt a-steach call is aois is dòchas.

Details of these and other books published by Luath Press can be found at:

www.luath.co.uk

Luath foillsichearan earranta

le rùn leabhraichean as d' fhiach a leughadh fhoillseachadh

Thog na foillsichearan Luath an t-ainm aca o Raibeart Burns, aig an robh cuilean beag dom b' ainm Luath. Aig banais, thachair gun do thuit Jean Armour tarsainn a' chuilein bhig, agus thug sin adhbhar do Raibeart bruidhinn ris a' bhoireannach a phòs e an ceann ùine. Nach iomadh doras a tha steach do ghaol! Bha Burns fhèin mothachail gum b' e Luath cuideachd an t-ainm a bh' air a' chù aig Cú Chulainn anns na dàin aig Oisean. Chaidh Luath a stèidheachadh an toiseach ann an 1981 ann an sgìre Bhurns, agus tha iad a-nis stèidhichte air a' Mhìle Rìoghail an Dùn Èideann, beagan shlatan shuas on togalach far an do dh'fhuirich Burns a' chiad turas a thàinig e dhan bhaile mhòr. Tha Luath a' foillseachadh leabhraichean a tha ùidheil, tarraingeach agus tlachdmhor. Tha na leabhraichean againn anns a' mhòr-chuid dhe na bùitean am Breatann, na Stàitean Aonaichte, Canada, Astràilia, Sealan Nuadh, agus tron Roinn Eòrpa – 's mura bheil iad aca air na sgeilpichean thèid aca an òrdachadh dhut. Airson leabhraichean fhaighinn dìreach bhuainn fhìn, cuiribh seic, òrdugh-puist, òrdugh-airgid eadar-nàiseanta no fiosrachadh cairt-creideis (àireamh, seòladh, ceann-latha) thugainn aig an t-seòladh gu h-ìseal. Feuch gun cuir sibh a' chosgais 'son postachd is cèiseachd mar a leanas: An Rìoghachd Aonaichte – £1.00 gach seòladh; postachd àbhaisteach a-null thairis – £2.50 gach seòladh; postachd adhair a-null thairis – £3.50 'son a' chiad leabhair gu gach seòladh agus £1.00 airson gach leabhair a bharrachd chun an aon seòlaidh. Mas e gibht a tha sibh a' toirt seachad bidh sinn glè thoilichte ur cairt no ur teachdaireachd a chur cuide ris an leabhar an-asgaidh.

Luath foillsichearan earranta
543/2 Barraid a' Chaisteil
Am Mìle Rìoghail
Dùn Èideann EH1 2ND
Alba
Fòn: +44 (0)131 225 4326 (24 uair)
Post-dealain: sales@luath.co.uk
Làrach-lin: www.luath.co.uk